メディアワークス文庫

最後の陰陽師とその妻

峰守ひろかず

目　次

最後《いやはて》にその妹《いも》伊邪那美命《いざなみのみこと》、身自《みづか》ら追ひ來《き》たりき。ここに千引《ちびき》の石《いは》をその黄泉比良坂《よもつひらさか》に引き塞《さ》へて、その石を中に置きて（中略）またその黄泉の坂に塞《さや》りし石は、道反之大《ちがへしのおほ》神《かみ》と號《なづ》け、また塞《さや》ります黄泉戸大神《よみどのおほかみ》とも謂《い》ふ。

（「古事記」より）

第一章　軍装の陰陽師《おんみょうじ》

かつて「江戸」と呼ばれていた街が「東京《とうきょう》」へと名前を変えて約半世紀、元号が明治から大正へと変わって数年後。夜の闇がいっそう薄くなり、そこに潜んでいたものたちのことを人々がいよいよ忘れつつあった時代の、ある初夏の日の夕暮れ時。

千曳泉《ちびきいずみ》は、麹町《こうじまち》の一角にある古い屋敷《やしき》の前に立っていた。

「えっ？　こ、ここ……？」

薄く開いた口から、訝《いぶか》る声が自然と漏れる。

不安げに見上げた先では、高い土塀に囲まれた大きな屋敷が、夕日を浴びながら不気味にそびえ立っていた。

元は立派な建物だったのだろうが放置されて久しいようで、塀も屋根も朽ちて穴だらけだ。塀の穴から覗《のぞ》いてみると、広い庭には草が生い茂り、壁や雨戸にはお札が何枚も貼られている。異様な光景に、泉の顔はいっそう青くなった。

誰かが住んでいるようには見えないし、お札の数からしても、明らかにただの空家ではない。ひと気のない薄暗い道で、泉は深く当惑し、手にした手紙に目を落とした。

島根《しまね》の小さな宿場町の古着屋で住み込みの女中をしていた千曳泉のもとに、「貴殿は大変家柄がよろしいので、東京にいる知人の嫁にぜひ欲しい」という手紙が届いたのは、およそ一月前のことだった。

差出人は、「陸軍大臣秘書　曲利《まがり》仙《せん》爾《じ》郎《ろう》」なる人物で、ご丁寧に上京用の旅費までが同封されていた。

この手紙に、泉はひどく戸惑った。

家柄がいいも何も、泉の両親は貧しい小作農で、泉に至っては家も持たない女中に過ぎない。先祖は古い社だかお堂だかの番をしていたとかで、千曳という苗字《みようじ》もその頃からのものだそうだが、両親は、十年前、泉が七歳の頃に流行病で揃《そろ》って死んでしまったので詳細を確かめようもなく、もちろん曲利仙爾郎という人物にも心当たりはない。

自分なんかをからかうために手間を掛ける人がいるとも思えないし、人違いだろう。

そう思った泉だったが、念のために県の役人を通じて確かめてもらったところ、曲利仙爾郎なる人物は確かに実在しており、しかも「こちらが所望しているのはその千曳泉で間違いないので、早く上京するように。×月×日、同封の地図の屋敷にて待つ」という返答まで来てしまった。

本人の意思抜きで嫁ぎ先が決まること自体はありふれているが、天涯孤独の下働きの娘が、顔も素性も名前も知らない相手に嫁げと言われる事例はさすがに珍しい。と言っても、仮にも大臣秘書の名前で持ちこまれた話に、身寄りのない泉が反対できるわけもない。古着屋の主人も特に引き留めようとせず、むしろ「出て行ってくれるなら全然構わない」という態度だった。

こうして泉は、わずかな私物を入れた風呂敷《ふろしき》包みを担ぎ、着古した一張羅の着物に身を包んで、単身、生まれ育った島根の地を発《た》ったのだった。

それから二日あまり掛けて、徒歩で山を越えたり夜行の汽車を乗り継いだりして、東京駅に着いたのが今日の昼。

初めて見る帝都の喧騒《けんそう》に面食らい、威勢よく走る人力車や自動車に轢《ひ》かれかけ、都会の市民の垢抜《あかぬ》けた装いに感嘆し、自分の見すぼらしさに恥ずかしくなり、何度も何度も道を聞き、ようやく指定の場所に辿《たど》り着《つ》いた泉だったが、そこに建っていたのは、見るからに怪しい空家だった。

所在なさげにあたりを見回してみたが、屋敷の敷地《しきち》が広いせいで近くに民家の類は見当たらず、相談できそうな人もいない。仕方なく塀沿いに歩いていくと、傾《かし》いだ正門の前に、厳《いか》めしい顔の大柄な警官が一人、門番のように立っていた。ほっとして足を止めた泉を、警官がじろりと睨《にら》む。

「何の用だ」

「す、すみません……！」

警官の威圧的な態度に泉は反射的に頭を下げ、そして、おずおずと顔を上げた。

「あ、あの……。実は私、このお屋敷で……」

「ここは立ち入り禁止だ。帰った帰った」

ぼそぼそと声を発する泉に向かって、警官が追い払うように手を振る。

普段の泉なら即座に謝って引き下がるところだが、今日に限っては話は別だ。東京には身寄りも知り合いもいないし、今夜の宿代すら持っていないのだから、ここの他に行く当てもない。しどろもどろになりながらも、ここに来るように言われたのだと訴え、大臣秘書からの手紙を見せると、警官は中に入ることを許可してくれた。通れ、と顎をしゃくりながら、警官がぼそりと声を漏らす。

「しかし、わざわざこんな化け物屋敷に呼び出すとは……その秘書殿も、何を考えておられるのか」

「『化け物屋敷』？」

「何だ、知らんのか？　麴町の化け物屋敷と言えば有名だろう。誰それが女の幽霊を見たとか、取り壊そうとすると死人が出るとか、新聞にも載ったろうが」

「も、申し訳ありません、存じません……。上京してきたばかりなもので」

ぺこぺこと頭を下げながら、泉は心の中で驚いていた。

お札を見た時、もしかしてとは思ったが、東京にもそういうことがあるのか……と。

無論、一昨日まで、泉の暮らしていた島根でも、お化けだの幽霊だのという話はあるにはあった。最近では「妖怪」と呼ぶらしいが、しかし、それらはいずれも「古いもの」「昔のもの」という扱いで、迷信深い年寄りの戯言《たわごと》と片付ける者も多かった。

泉の場合に限っては、単なる戯言と片付けられない理由もあったりしたのだが、それはともかく、田舎でも信じている人が減っているくらいなのだから、東京ではもう廃れ切っていると思っていたのに……。

そんなことを考えながら足を止めた泉が警官を見返すと、警官は馬鹿にされていると思ったのか、大きく眉根を寄せて顔をしかめた。怒らせてしまっては厄介だ。泉は慌てて頭を下げ、風呂敷包みを背負い直して門をくぐった。


「し、失礼いたします……」

か細い声を発しながら、泉は屋敷に足を踏み入れた。

建て付けがしっかりしているのだろう、荒れたり壊れたりしている様子はなかったが、空家特有のかび臭い空気と相まって、薄暗い屋内は異様に陰気で気味が悪い。

かつての住人は金持ちだったようで、家の造作も調度品も、泉の勤めていた店に比べると遥《はる》かに立派なものばかりだ。もったいない……と思いながら、泉は土間でしばらく待ったが、長い廊下の奥から返事が聞こえる気配はない。やむなく泉は草履を脱いで廊下に上がった。

人の気配がまるでないが、本当にここで合っているのだろうか……？

心の中で自問自答しつつ、身の危険を感じたら逃げられるよう心構えをしておけと自分に言い聞かせつつ、軋《きし》む廊下をゆっくりと進む。

隙間や障子窓から差し込む夕日のおかげで屋内は意外とよく見えたが、どこに行けばいいものか。小部屋が多く入り組んだ造りは、見通しが悪くて不安を煽《あお》る。

「あ、あの……どなたか、いらっしゃいませんか？　お手紙をいただいた、千曳泉ですが……？」

怯《おび》えた声で呼びかけながら曲がりくねった廊下をおずおず進み、やがて、幾つめかの階段の下に辿り着いた時だった。

ふと人の気配を感じた泉が視線を上げると、階段を上りきったあたりの位置に、灰色がかった着物の女性が立っていた。

二階は暗くてよく見えないが、髪を下ろした若い娘のようだ。手には着物と同じ灰色の反物を広げて捧《ささ》げ持っており、ぶつぶつと何か小声を発している。

「あ！　良かった、いらっしゃったんですね！　私は――」

名乗ろうとした矢先、泉は違和感を覚えて口をつぐんだ。

よく見ると、その女の体がうっすら透けていることに気付いたのだ。

泉は怯えながらも耳と目を凝らしたが、女がぶつぶつと漏らしている文言は意味をなさない音の羅列のようだった。さらに、その手に捧げ持っているものは広げた反物などではなく、自分自身の下半身の先端……いや、胴体の途中の部分らしかった。

女の下半身は蛇のように長くうねうねと伸びており、女はそれを自分で持ち上げていた。長い下半身の先端は二階の奥の暗がりへと消えていて、しかもその体は床に付かずに浮いている。

こんな人間がいるわけがない。つまりこれは――。

と、泉がそう思ったのと同時に、階上の女と目が合った。

瞬間、女の口が耳元まで裂ける。鉄漿《おはぐろ》を塗った歯を剝《む》き出《だ》しにした女は、階下の泉目掛けて飛び掛かってきた。

「ひっ！」

「オアアアアアアアアオオウウウウ！」

泉が息を呑《の》んだ声を打ち消すように、女の動物じみた鳴き声が空家に轟《とどろ》いた。

するすると長い胴体を伸ばしながら、女は泉目掛けて迫りくる。泉は思わず背を向けて逃げようとしたが、長く伸びた女の爪が背負った風呂敷包みに食い込んだ。

「きゃあああああああああっ！」

泉は思わず悲鳴をあげ、風呂敷包みをその場に投げ出しながら、屋敷の奥へ向かって走った。

後ろからは長い胴体の女が呻《うめ》きながら追ってくる。

殺意と敵意の籠もった唸《うな》り声を背後に聞きながら、泉は自分の考えが誤っていたことを痛感していた。

ああいうものは——お化けとか妖怪とか呼ばれるものは——やはり、いるのだ。

東京にも、いるのだ。

思えば、物心ついた頃からずっと、泉の目には「ああいうもの」が映っていた。

泉がこの歳《とし》になっても嫁入り先もなく、転々と住み込み働きを繰り返していたのも、この体質によるところが大きかった。他の人には見えないものが見え、聞こえない音が聞こえてしまう上、嘘《うそ》が苦手な性格柄、そのことをつい口にしてしまい、気味悪がられて暇《ひま》を出される……という経験を何度繰り返したか分からない。

だからこそ泉は、この上京に際して自分に強く言い聞かせていた。

ああいったものが見えてしまう体質であることは、夫になる相手にも、その家族にも気付かれてはいけない、と。

そう固く誓って東京までやって来たのに、まさか上京の初日に、しかも呼び出された場所でこんな目に遭うなんて……！　泉は己の不運を改めて呪った。

しかも、島根で見たのは、人を脅かしたりちょっと困らせたりする程度の、そこまで害のないものばかりだったが、今、後ろで吼《ほ》えているあれは、そんな生易しいものではない。あんなにくっきり見えるのも、こんなに剝き出しの殺意を向けられたのも初めてだ。捕まったら間違いなく命はないと泉の本能が告げていた。

「こ、来ないで……来ないでください！」

「オオオオオオオ……！」

涙声の懇願を、意味を成さない咆哮《ほうこう》が打ち消す。やはり言葉は通じないらしく、逃げ切ることも不可能なようだ。

……ああ。もう駄目だ。

泉はそう悟ったが、不思議と後悔の念は湧き上がらなかった。

短い人生を振り返っても、良かったと思えた記憶はほとんどない。未来に何か希望があるわけでもなし、歳を重ねるほど生き辛《づら》くなっていくことも想像が付く。この歳までどうにか生きてきたのは、単に、自ら命を絶つ勇気がなかったから、と言ってしまってもいいくらいだ。

ただ流されるように、無気力に生きてきた自分にとっては、精一杯逃げても結局化け物に追いつかれ、誰にも知られないまま殺されるという、そんな終わり方こそ相応《ふさわ》しいのかもしれない……。

そう考えながら、泉が広い座敷《ざしき》に飛び込んだ、その矢先。

「――伏せろ！」

駆け込んだ広間の奥、薄暗がりの中から、凛《りん》とした若い男の声が響き渡った。

若々しいその声に泉の足が反射的に止まる。

つんのめるように泉が畳の上に身を丸めるのと同時に、口早な声が再び響いた。

「丑寅鬼門《うしとらきもんど》土方五行《ほうごんぎょう》、肝《きも》を智拳《ちけん》に切って離す、御《おん》、娑訶《そわか》！」

意味の取れない叫びに続き、うずくまった泉の上を、熱を帯びた風が吹き抜ける。

その一瞬後、背後で「グァッ！」と濁った悲鳴が上がったかと思うと、追ってきていたあの恐ろしい声がぷつりと止《や》んだ。

わけが分からないまま、そっと後ろに目を向けてみれば、すぐそこに迫っていたはずのあの長い女の姿は消《き》え失《う》せていた。

広間にいた声の主の方角から熱風のようなものが放たれ、それが長い女に命中して追い払ったらしいが、何が何やらさっぱりだ。

困惑しきった泉がおろおろと顔を上げると、明かり取りの障子窓から差し込む夕日の中に立っていたのは、洋風の軍装を一分の隙もなく着こなした、二十歳ばかりの長身の青年だった。

体は細く引き締まり、手足はすらりと長い。

異国の血が混じっているのか、その細面は西洋の彫像を思わせる造形で、肌の色素は薄く、丁寧に撫《な》でつけられた髪は淡い亜麻色を帯びていた。濃緑の軍服に同色のマントという出《い》で立《た》ちだったが、軍帽はなく、銃もサーベルも持っていない。

色白なのに全身に淡い影を纏《まと》っているような近寄りがたい険しさがあり、どうにも声が掛けづらい。どう話しかけるべきか迷いながら泉がおずおずと立ち上がると、端麗な顔立ちの美丈夫は目を細めて泉を見下ろした。

少年らしさの残った若い声が暗い室内に響く。

「怪我《けが》はないか」

「あ、ありがとうございます……。あなたは――」

「質問に答えろ」

ぶっきらぼうな詰問が泉の問いかけをばっさり遮った。

泉は思わずびくりと震えたが、すぐに姿勢を正して頭を下げた。居丈高な軍人や兵隊は苦手だけれど、目の前の青年は間違いなく命の恩人だ。

「……だ、大丈夫です。助けていただき、本当にありがとうございました……！　おかげで命拾いを――」

「礼はいい。仕事だ」

泉の感謝の言葉をぞんざいに遮り、青年が数歩進み出る。「仕事」という言葉に疑問を覚えた泉だったが、それを聞くより先に青年は言葉を重ねていた。

「――それに、まだ終わってはいない」

「え？　あっ……！」

青年を追うように振り返った泉が、はっと大きく息を呑む。

屋敷の奥の暗がりに、あの長い体の女が蠢《うごめ》いているのが見えた。

青年を警戒しつつ襲い掛かる機会を狙っているのだろう、髪を振り乱し、長い体をうねうねと踊らせながら、落《お》ち窪《くぼ》んだ眼《め》をまっすぐこちらに向けている。

その顔にははっきりと怒りが表出しており、泉はぞっと青ざめた。泉を庇《かば》って立ちながら青年が言う。

「急所を外して怒らせたようだ。次で仕留めないと、こちらがやられる」

「確かに、ものすごく怒っているみたいですけど……ひっ、こっちを見た……！」

「静かにしていろ。気が――何⁉」

奇妙な印を組んでいた青年が、ふいに泉へと振り向いた。

いきなり見つめられて戸惑う泉に、青年が眉をひそめて問いかける。

「『こっちを見た』と言ったな。お前、まさかあれが――『怪異《あやかし》』が見えるのか？」

「あやかし……？」

「『お化け』でも『妖怪』でも何でもいい。要するに、ああいうもののことだ。お前にはあれが見えているのか？」

「え？　ええ……」

暗い屋内とは言え窓からは夕日が差しこんでいるのだから、見えないはずがない。長い体をうねらせるおぞましい姿をちらちらと見やりつつ、泉がおずおずうなずくと、青年は大きく息を呑み、いきなり泉の手を取った。

男性にしては華奢《きゃしゃ》だが泉とは段違いに頑強な左手が、泉の右手首をがしりと摑《つか》む。思わず目を丸くする泉に向かって、青年が口を開いた。

「見えるのなら俺の右手の先を奴へと向けろ。早く！」

青年の口早な命令が響く。なぜそんなことを指示されるのかと泉は面食らい、ほんの少しだけ思案した後、おずおずと問い返した。

「あ、あの……もしかして……」

「何だ」

「もしかして……あなたは、見えないんですか？」

泉がそう問いかけると、青年ははっと絶句した。わずかな沈黙の後、青年は整った顔を曇らせ、抑えた声をぼそりと漏らした。

「――そうだ。俺には見えない」

「見えない!?　でも、今、『怒らせてしまったようだ』って」

「俺は術で五感を増強することで怪異の気配を感知し、おぼろげに把握しているだけだ。そもそも普通の人間の目には、あの手のものは映らない。なのに、お前には見えているんだな？」

「え？　あ。あ。あああっ――！」

　青年の口早な詰問を受け、泉は慌てて口を押さえた。

　島根で見たものとは存在感がまるで違っていたから、誰の目にも見えるものとばかり思っていたが、その考えが間違っていたらしいことに、泉は今になって気付いた。

　この体質のことは隠しておくって決めたのに……馬鹿！

　自分で自分をののしりながら、泉は首を左右に振った。

「え、ええと、あの、すみません……！　やっぱり、何も見えていません！　私の見間違いだったみたいで――」

「嘘を吐《つ》くな」

　青ざめた泉の必死の弁解を、青年の無慈悲な声が打ち消す。

「今しがたお前は『こっちを見た』と言ったろう。お前が怪異を視認している何よりの証拠だ」

「そ。それは――」

「もう一度問う。見えているんだな？」

「……はい」

泉の沈んだ声が、薄暗い広間にぽつりと響いた。

隠し通すのは無理のようだ。観念した泉は顔を伏せ、ぽつぽつと続けた。

「……ち、小さい頃から、ずっと見えていたんです……。私の郷里にも、お化け……怪異はいましたから……。でも、見えるって言うと、みんな気味悪がるんです。だから隠したくって、東京では絶対隠しておこうって決めていて……。ごめんなさ――」

「もういい」

泉の謝罪を青年の怒声がばっさりと遮り、「いちいち謝るな」と付け足した。苛立《いらだ》ちの籠もった声に、泉の体がびくっと強張《こわば》る。泉は思わず目を伏せようとしたが、そこに青年は矢継ぎ早に言葉を浴びせた。

「もう一度言う。俺の右手を奴へと向けろ。気配の探知に力を割かなくていいなら、俺は全ての力を調伏《ちょうぶく》の術に使える」

「調伏？　術って」

「詳細を民間人に明かすことは禁じられている。いいから早くしろ！　奴がしびれを切らす前に止《とど》めを刺す必要がある！」

「は、はい……！」

青年の語調に気圧《けお》された泉は怯えてうなずき、おずおずと青年の隣に立った。

「失礼します……」と断りながら青年の手に触れると、きめの細かい色白の肌はしっとりと湿っていた。薄く滲《にじ》んだその汗に、そうか、と泉は得心した。

この青年も不安を抱えているということを、泉は今理解した。

なぜ自分がここに招かれ、なぜ怪異に襲われたのか、依然として事情はさっぱり分からないままだ。

だが、少なくとも、この軍服の青年が、急に飛び込んできた見ず知らずの自分を必死に守ろうとしてくれていることだけは、確かなようだ。

だったら、自分もできることをしなければ。

そう自分に語りかけながら——忌み嫌われてきた体質を誰かのために役立てることができるという喜びを確かに覚えながら——泉は青年の手をしっかり摑み、伸びた指先を広間の奥、天井近くへと向けた。

「そこだな」と青年が問い、「はい」と泉がうなずく。

「私たちの様子を窺《うかが》っているみたいです……。うねうねしながら、こっちを見て、後ろに引いて——突っ込んできます……！」

泉が怯えた声を張り上げた。急接近する殺意だけは青年にも感じ取れたようで、来たか、と短い声が漏れる。指を伸ばしたまま青年が問う。

「方向は合っているな？」

「よし！　――裏式祭文調伏の行、無殿《ないでん》の神、鳴神《なるかみ》、途上《みちんと》の石の下なる乱れ神の名に、山のものは山へ、川のものは川へ、是なるものを返させ給《たまえ》！　丑寅鬼門土方五行、肝を智拳に切って離す、御、娑詞ッ！」

青年が口早に唱えた祭文が広間に響く。

瞬間、泉が手を添えていた青年の指先から何かが――不可視の熱い風のようなものが――迸《ほとばし》った。

世界の理《ことわり》を練り上げて作り上げた弾丸とでも言うべき風が、二人の眼前にまで迫っていた怪異をまっすぐ打ち抜く。

頭頂部から長い胴体までを一直線に貫かれ、怪異は、ア、と短い声を漏らした。

断末魔にすらならない呻き声だけを残し、怪異は暗がりに溶けるように消滅した。

同時に、屋敷中に満ちていた不穏な気配が薄れていく。

「凄《すご》い……！」

泉が大きく目を見張る。

お化けや妖怪は――青年の言葉を借りれば「怪異」は――何度も見てきたが、それを退治するところを見たのは初めてだ。泉はあっけにとられ、思い出したように青年に向き直って頭を下げた。

「は、はい！」

「あ、ありがとうございました！」

「礼を言われることではないと言ったろう。仕事だ」

高揚する泉とは対照的に、軍服の青年の顔は暗かった。

泉の手をぞんざいに振り払った青年は、たった今まで怪異が浮かんでいたあたりに顔を向けると、手を合わせて目を伏せ、そして沈黙した。

拝むような……もしくは詫《わ》びるようなその仕草に、泉が首を傾げると、青年は手を合わせたままぼそりと言った。

「……何を訝ることがある」

「え？」

「今の怪異に名を付けるなら『高女《たかおんな》』。幕藩時代の版本にある、するすると胴を伸ばす女の姿の怪異だ。本来なら人を脅かすだけの他愛もない存在だが、今の東京に残る怪異の多くは、住処《すみか》を奪われ追い立てられた獣のようなもの」

「つまり、気が立ってるってことですか……？」

「ああ。だが、彼女らをそこまで追い詰め、怒らせたのは、他ならぬ我々人間……。なればこそ、謝るのは当然だ」

そう言うと青年は再び口をつぐみ、暗がりに向かって黙禱《もくとう》した。

その所作には無駄がなく美しく、思わず見とれるような麗しさがあった。顔立ちだけでなく立ち居振る舞いも綺麗《きれい》な人だな……と泉は改めて思い、自分も手を合わせた。

青年の言葉の全てを理解できたわけではないが、怪異を退治するのに自分も手を貸した以上、そうするのが正しいと思ったからだ。

しばしの沈黙の後、青年は虚空に再度一礼し、改めて泉へ向き直った。

無言でじっと見つめられた泉は思わず視線を逸《そ》らしそうになったが、それは恩人に対して失礼だ。泳ぎそうになる目を制し、泉は「ええと」と口を開いた。何か言わないと間が持てない。

「あ、あの、す、凄かったですね……！」

「凄いのはお前の目——神照目《かんてめ》の方だろう」

「か、かんてめ……？　質問してばかりで申し訳ありませんが、『かんてめ』って」

「神を照らす目と書いて、神照目。この世ならざるものを視認できる目を意味し、怪異を見たり聞いたりできる体質のことだ。まさか、まだ本邦に残っていたとはな」

感嘆とも呆《あき》れともつかないような言葉を漏らしながら、青年は泉に顔を近づけた。

間近から凝視され、泉の顔が自然と赤くなる。年代の近い男性、しかもこんなに端整な顔の持ち主に、こんなに至近距離から見つめられたのは初めてで、顔がかあっと熱くなってしまう。

……そして、そのまま見つめられること約三十秒。

顔を赤らめた泉が「そろそろ解放していただけませんか……」と内心で唸っていると、青年が思い出したように口を開いた。

「そう言えば——お前、名前は？」

「い、泉……。千曳泉と申します」

「『千曳』？」

「は、はい……。あの、あな」

「比良坂拝音《ひらさかはいね》」

「あなたは」と問い返そうとした泉の思いを先読みしたのだろう、青年が姿勢を正して名を名乗る。さらに青年——拝音は、それだけだと不十分だと思ったのか、「一応、陸軍近衛師団《このえしだん》付特任顧問だ」と補足した。

そう言われても軍の階級に疎い泉にはピンとこなかったが、名称の響きから、それなりに高い役職であることくらいは理解できた。

「比良坂さん……。あっ、『閣下』ってお呼びした方が？」

「やめろ。軍人は本職ではないし、持ち上げられるのも性に合わない」

「え……？」

「それよりも、だ」

ふいに拝音が眉尻を吊《つ》り上《あ》げた。

「千曳泉。そもそもお前は何者だ？　なぜここに来た？　一つ間違えば命を落としていたと分かっているのか？　こんなところに何をしに来た？」

拝音が次々に泉に質問を投げかける。急な詰問にたじろぐ泉の前で、拝音はさらに言葉を重ねた。

「怪談記事を書く類の記者にも見えないが、雇われたのか？　表の警官には調伏が済むまで誰も入れるなと言ってあったはずだ。警官の目を盗んで入ってきたのか？」

「え⁉　ち、違います……！　私は、その、嫁入りのために上京してきたばかりで、ここに来いと言われたので来ただけで……警官の方には通していただいて」

しどろもどろになりながらも泉が必死に弁解する。と、それを聞いた拝音は、もともと険しかった顔を更に険しくした。

「通してもらった？　ここに来いと言われた？　そんな話が信じられると思うのか？　ここが何年前から空家だと思っている？　こんなところから手紙が来るはずがない」

「い、いえ、その、差出人は、このお屋敷の方ではなく……」

「まだるっこしい奴だな。なら、誰から呼ばれたんだ。一体全体、どこの誰がこんな場所に、嫁入り前の娘を呼び出す？」

要領を得ない泉の返答に拝音が顔をしかめる。と、そこに明るい声が割り込んだ。

「僕でーす」

泉にとっては聞き慣れない声とともに、屋敷の奥に通じる襖《ふすま》が勢いよく開いた。

「ややややあ、どちらさんもおそろいで！」

関西訛《なま》りの明るい声とともに歩み出たのは、茶褐色の背広を身に着けた若い男だった。ひょろりとした痩身で、拝音と比べると頭一つ分ほど背が低い。

いきなりの第三者の乱入に泉がびくっと怯える。拝音は反射的に泉を庇ったが、入ってきた男の顔を見ると、肩をすくめて溜息《ためいき》を吐いた。

「お前か。驚かせるんじゃない」

「お、その感じだともう終わったみたいやね。さすが比良坂流の後継者！　いやー、紹介した僕の鼻も高いわ」

泉を守るように立つ拝音を前に、茶褐色の背広の青年が胸を張って愛嬌《あいきょう》のある笑みを浮かべる。泉は背広の青年をしげしげと見やった後、拝音を見上げて問いかけた。

「あ、あの……こちら、比良坂さんのお知り合いの方ですか？」

「……まあ、そんなようなものだ」

「なんでそんな嫌そうに言うかなあ？　あ、そちらの可愛《かわい》らしいお嬢さんにおかれましては初めましてて。私、政界に後ろ盾も人脈もないのに要領の良さだけで出世街道驀進《ばくしん》中、二十二歳の若さで陸軍大臣私設第三秘書にまで出世した京都《きょうと》出身の俊英こと曲利仙爾郎でございます」

言い慣れているのだろう、曲利と名乗った青年は長々とした自己紹介を流暢《りゅうちょう》に述べ、泉に「そちらは千曳泉嬢ですね？」と問いかけた。はい、と泉がうなずく。

「初めまして……。じゃあ、あなたが曲利仙爾郎さん……？」

「あら。もしかして僕をご存じ？」

「は、はいっ……！　だって、そのお名前、私をここに呼んだ方ですよね？　お知り合いのところに嫁に来てほしい、って。今日も、この屋敷に入って待っていろってお手紙と地図をくださった、その、曲利仙爾郎さんですよね？」

「ご名答！　お待たせしちゃいましたが、やっとお会いできましたなあ」

「何？」

曲利が気さくに微笑《ほほえ》むのと同時に拝音が大きく顔をしかめる。泉が口を挟む間もなく、拝音は曲利に詰め寄って語気を荒らげた。

「今の話は本当か曲利？　この娘を呼んだのがお前だと？　調伏の現場が危険なことはお前も良く知っているだろう？　何のつもりだ！」

「落ち着きいな。それを今から説明するつもりなんやから……。その前に、とりあえずこんな陰気なところからは一旦出えへん？　もう暗くなるし、それに外でご依頼人様がお待ちやし」

眉根を寄せる拝音の怒りを曲利がへらへらと受け流す。拝音は怒っても無駄だと理解したのか、苛立たしそうに歯嚙《はが》みし、分かった、と言い放った。

泉の風呂敷包みを回収して玄関から出ると、日はすっかり落ち切って、街灯が灯《とも》り始めていた。

屋敷の門前には黒塗りの自動車が停《と》まっており、その後部座席には羽織袴《はおりはかま》の太った老人が陣取っていた。車の持ち主らしい老人は、三人が門から出てくるのを見るや、おい、と横柄に声を掛けた。

「終わったのか、曲利」

「これはこれは閣下！　お待たせしまして！　はいもう、全て滞りなく」

「そうか。これでようやく解体工事に入れるわけだな」

「仰《おつしや》る通りです！　何しろ閣下のお持ちの物件ですから、優先順位を飛び越して迅速に対応させていただきました、はい。大工連中を怖がらせた妖怪は綺麗さっぱり退治されましたので、これでもう、壊すなり、新しい上物を建てるなり、思うままですわ」

腰を曲げた曲利が愛想よく応じる。一方の拝音は陰気な顔で、門のすぐ手前に立ち止まったままだったので、泉は何となくその隣に立っていた。

車内の老人は、拝音の姿が目に入っているはずなのに視線を向けようともせず、曲利と話し続けている。

「ここは、妾《めかけ》を住まわせる洋風の屋敷にしようと思うておるのだ。設計は既に済んでおるからな、とっとと取り壊して更地にして……そうそう、地鎮祭も手配せねばな」

「地鎮祭とはな。鎮める対象など、もうどこにもいないのに」

機嫌よく語る老人の言葉にぼそりと低い声が割り込んだ。拝音である。

それを聞くなり、老人は眉間に皺《しわ》を寄せ、拝音にじろりと目を向けた。

「今、何か言ったか」

「いいえ何も」

睨まれた拝音がしれっとしらばっくれてみせる。その不遜な受け答えに、老人はいっそう不機嫌そうに顔をしかめた。

「何だ、その態度は？　先触屋《さきぶれや》風情が偉そうに」

「お気に障ったのなら申し訳ございません」

「ここの化け物退治も、お前が早く片付けないから妙な噂《うわさ》が立ってしまったではないか。多少存在価値があるから飼ってやっているものの、自分のやっているのは汚れ仕事だということをよく弁《わきま》えて……」

難癖じみた物言いがいつ終わるともなくだらだらと続く。拝音は黙って耳を傾けていたが、その後方に立つ泉は思わず眉根を寄せていた。

そんな言い方しなくても……と、不満の声が泉の胸中に響く。

察するに、自動車の老人はこの幽霊屋敷の持ち主であり、拝音は老人に命じられて屋敷に住み付いていた怪異を退治した、ということらしい。

であれば、拝音にお礼の一つや二つ言うのが、大人として当然ではないだろうか。怪異はあんなに怖くて、拝音はあんなに必死だったのだから……。

そんなことを思っているうちに自然と顔をしかめてしまっていたのだろう、曲利が泉に耳打ちをした。

「顔が怖いでー、泉ちゃん」

「えっ」

「気持ちは分かるけど、抑えてな。何せ相手は子爵閣下や」

抑えた声が耳元で響く。それを聞くなり泉は目を丸くした。子爵といえば華族である。島根では華族階級の人間を見たことがなかったが、そういう身分の人がいることはさすがに知っている。

青ざめた泉が黙り込んでいるうちに、子爵の位を持つ老人はようやく愚痴に飽きたようで、運転手に命じて車を発進させた。

夜道を走り去っていく尾灯を見送った後、曲利は大仰に胸を撫《な》で下《お》ろし、縮こまる泉に向き直った。

「心臓が縮んだで。あの爺《じい》さんが気付かへんかったからええようなものの」

「す、すみません……！」

「まあ、ええけどね。あのジジイにむかついてるのは僕も一緒やし。維新で成り上がった新興華族風情が、拝音の本当の価値も知らんで偉そうに……。でも、二人が思い合ってるなら僕も嬉《うれ》しいわ。いやあ、良かったなあ拝音。自分、ほんまに果報者や」

「どういうことだ？」

「どういうことも何も、こんなに君に親身になってくれて、しかもこないに可愛らしい奥さんがもらえるんやで？　あやかりたいわ」

戸惑う拝音を見返して曲利がさらりと言い放つ。

いともあっさりと告げられた「奥さん」という言葉に、泉と拝音は揃って眉をひそめ、どちらからともなく顔を見合わせた後、同時に声を上げた。

「え⁉　曲利さん、今、何て――」

「待て曲利。結婚相手の候補を探すという話は聞いていたし、任せたとも言ったが、見つけたとは聞いていないぞ」

「え、そうなんですか……⁉　と言うか、ええと、つまり、曲利さんが手紙に書かれていた『知人』って、こちらの比良坂さんのこと……？」

「そういうことになるわなあ」

「なるわなあではないだろう！　大体お前、そういう事情ならなおのこと、なぜこんな危険な場所に呼び出したんだ？　俺が間に合わなかったらどうなっていたと――」

「間に合ったんだから固いこと言わへんの。あ、入籍やら何やらの書類上の手続きは僕がやっとくさかい、そっちは心配せんでええで」

「そういうことではなく――」

「……それに。ここで死んでるようなら、比良坂家の嫁としてはハズレやろ」

拝音の反論を遮って、曲利がぼそりと言い放つ。その言葉を聞くなり拝音の顔が青ざめたように泉には見えた。黙り込んだ拝音の肩に曲利が馴《な》れ馴《な》れしく手を回し、抑えた声で言葉を重ねる。

「実際、結構な逸材やったやろ、彼女？　妖怪――拝音流に言うところの怪異を目視できる子なんて、今時まずおらへんで」

「それは――待て。お前、なぜそのことを知っている？　もしやお前、一部始終を見ていたのか……？」

拝音が険しい顔で訝しんだが、曲利はその問いを「さあな」とさらりと受け流す。拝音と曲利のやりとりを前に、蚊帳の外にされてしまった泉は首を傾げた。

曲利の言う「逸材」とは自分のことで、怪異が見える体質だと知った上で拝音の嫁に推薦したようだが、曲利はなぜそのことを知っているのだろう。そもそも拝音は何者なのか？　それに、拝音のような人の嫁が自分なんかに務まるのだろうか？　確かに、拝音のことは嫌いではないけれど……。

と、そこまで考えた時、泉は自分が早くも拝音に好感を抱いていることに気付いて驚いた。思わず顔を赤らめる泉だったが、その時、曲利が思い出したように泉に向き直り、両手を広げて笑った。

「放置してすんまへん、奥様。で、何から聞きたい？」

曲利がにこやかに問いかけ、その隣では拝音が神妙な顔で腕を組んでいる。

対照的な表情の二人を見比べながら、泉は戸惑い、思案した。聞きたいことは山ほどあるのに、いざ問われるとすっと出てこない。

「ええと……まず、比良坂さんは何をしておられる方なんですか？」

「何を、と言うのは、拝音の職業のことかいな」

「は、はい……。比良坂さんは、『仕事だ』って言っておられましたけど、軍服で軍属だけど武器は持っていなくて、さっきの自動車の子爵様は『先触屋』って」

「先触屋というのは蔑称だ」

拝音の声が泉の質問を遮った。黙り込んだ泉の前で、拝音は腕を組んだまま言葉を重ねる。

「本職の神主なり坊主なりが出張ってくる前に現場に出向き、そこに根付いた怪異を掃除することからそう呼ばれているに過ぎない。まあ、一種の露払いと思えばいい」

「露払い？　つまり、さっきみたいな怪異の退治が専門……？」

「ああ。俺は陰陽師《おんみょうじ》だからな」

陰陽師。

島根では一度も聞いたことのなかったその職名を、拝音は誇らしげに口にし、念を押すようにこう続けた。

「東京に残る怪異を滅する、帝都最後の古流陰陽師だ」

第二章　あっという間の祝言

「帝都最後の古流陰陽師」と言われても、泉にはその「陰陽師」が分からない。なので、もう少し具体的な話を聞きたかったのだが、そこに曲利が割り込んだ。

「ほな、僕はこのへんで！　拝音、表通りにタクシー呼んであるさかい、泉ちゃん、ちゃんと連れて帰ってあげてな。……って、何、その不本意そうな顔？　君の奥さんなんやから、君が連れ帰ってあげんでどうするねん」

「だから、そもそもその話を俺は聞かされていなかったと――」

「はいはい、分かった分かった。あ、泉ちゃん？　こいつ、ぶっきらぼうでそっけないけど、悪人ではあらへんからな。よろしくしてやってな」

そうとだけ言い、曲利は手をひらひらと振って立ち去った。いちいち身振り手振りの大きい人だな、と思いながら泉は曲利を見送り、隣に立つ軍服の青年へ向き直った。

不安げに視線を上げた泉を、腕を組んだ拝音が冷ややかに見下ろす。あからさまに不機嫌そうなその顔に、泉は怯え、そして考えた。

今の曲利との話を聞く限り、拝音にはこの結婚を承諾するつもりはなさそうだ。

当然だろうな、と泉は思う。いきなり自分のような陰気な女と結婚しろと言われて受け入れられるわけはないが、問題は、この後自分がどうするか——どうなるか——ということだ。何せ泉は、島根に帰る路銀どころか、今夜の宿代すら持ち合わせていない。

困り切った顔の泉が無言でしょんぼりと顔を伏せていると、黙っていた拝音は、「帰るぞ」とだけ告げて歩き出した。その短い一声に、泉の目が丸くなる。

「い、今の、私に……？」

「他に誰がいる」

「じゃあ、あの、私もご一緒していいのですか……？」

「長話をする気はない。行くぞ」

立ち止まった拝音が口早に告げ、再び歩き出す。

とりあえず今夜は野宿しなくて済みそうだ。泉はそのことにほっと安堵《あんど》し、風呂敷包みを抱え直して拝音の後を追った。

表通りに出ると、曲利の言った通り、黒塗りのタクシーが停まっていた。

泉はこれまで自動車に乗ったことがなかったが、拝音は乗り慣れているようで、特に感慨もなくドアを開け、緊張する泉を後部座席に座らせると、自分はその隣に腰を下ろした。

背もたれに体重を預けて溜息を吐く拝音に、年かさの運転手が尋ねる。

「どちらまで？」

「麻布《あざぶ》の道返《ちがえし》大社へやってくれ」

拝音が告げた行き先に、泉は小さく首を傾げた。

大社ということは神社なのだろうけど、どうしてこんな時間から神社へ？　お参りするには遅い時間だが、何か用事があるのだろうか……？

そんなことを思いながらちらちらと横目をやっていると、拝音は泉の疑問を察したようで、呆れた顔で口を開いた。

「聞きたいことがあるなら聞け。道返大社は俺の家だ」

「えっ？　なら、比良坂さんは神社の方なんですか……？」

「そうだ」

ぶっきらぼうに拝音がうなずく。家が神社ということは、「陰陽師」というのは神主のような仕事なのだろうか、などと泉が思っている間に、運転手は「麻布ですね」と声を発し、タクシーを発進させた。

「で、そのなんとか大社ってのは、麻布のどのあたりで？　私は東京に来て長いんですがね、聞いたことがないもんで……。すみません」

「……まあ、誰も知らないような古い神社だからな。場所は――暗闇坂《くらやみざか》の上、首吊り塚《くびつづか》の近くと言えば通じるか？」

「ああ、あの陰気な界隈《かいわい》の――おっと、これまた失敬。了解しました」

運転手はあっさり了承したが、同時に泉は困惑した。

「暗闇坂」も「首吊り塚」もいかにも曰《いわ》くがありそうな不吉な響きだが、そんなところに家が……？　泉が思わず眉をひそめると、その表情に気付いた拝音が腕を組んだまま口を開いた。

「別に自殺の名所に住んでいるわけじゃない」

「えっ」

「暗闇坂はただの暗い坂だし、首吊り塚は俗称で、正確には『首埋《くびう》め塚《づか》』だ。関ケ原《せきがはら》の戦いの後、徳川家康《とくがわいえやす》が敵将の首を埋めた墳墓があると伝えられているからそんな風に呼ばれているが、この話自体が根拠のない伝説だ。あまり身構えるな」

「す、すみません……」

慌てて謝りつつも、泉の心から不安な気持ちは消えなかった。

謂《いわ》れが何であれ縁起が悪い場所なのは確かなようだし、第一、どこのどんな家に嫁ぐかすら教えられていないのだから、安心できるはずもない。

もう完全に日は落ち切っており、窓から見える空は暗く、暗がりの中をいくつもの電灯の光が流れていく。無数の街灯の灯った東京の夜景は新鮮だったが、それに見とれる余裕もないまま、泉は隣の拝音を横目に見た。

彫像のような細面に白い肌、長い睫《まつげ》に淡い亜麻色を帯びた髪。

その横顔は見とれるほどに端整だったが、物憂げで疲れた表情には依然として近寄りがたい険しさが滲んでおり、見続けるほどに、自分はこの人の妻としてやっていけるだろうか……という不安が湧き上がってくる。

そんなことを考えているうちに泉は拝音を凝視してしまっていたようで、拝音はやれやれと頭を振り、ぶっきらぼうに口を開いた。

「話があるなら帰ってからにしろ。調伏は心身を擦り減らす。疲れているんだ」

「す、すみません……！　でも、あの……ひ、一つだけ、いいですか……？」

「……何だ」

「比良坂さんは……その……いいえ、何でもありません」

口にしかけた質問を泉は呑み込み、拝音から目を逸らした。

本当に私で――私なんかで――いいんですか。

できることなら、泉はそう聞きたかった。

「陰陽師」のことはよく分からないが、少なくとも拝音は立派な階級を持つ軍人で、無名でも歴史のある神社の跡継ぎか神主でもあるらしい。

そんな、身分も高く家柄もよく、おまけに見目麗しい人物ならば、嫁の候補はいくらでもいるに違いない。なのに自分のような、身寄りも資産も知恵も技能もないような女が嫁いでいいのだろうか……という思いは、泉の胸中にずっとわだかまっていた。

泉としては、選んでもらったこと自体はありがたいとは思うものの、「申し訳ない」という気持ちが強い。

であればやはり、拝音も困っているのではないだろうか。拝音には、曲利の提案に反対できない事情があるようだけれど、だとしても、拝音本人は納得できているのだろうか……？

そんな思いを抱える泉に、拝音はちらりと横目をやったが、無言のまま視線を前方へと戻した。泉は無言で一礼し、再び窓へと目をやった。

外には煉瓦《れんが》やコンクリート造りの背の高い建物が並び、街灯が照らす歩道を大勢の人が行き交っている。都会の夜の光景に泉は見入り、そして、新たな不安を覚えた。

人の数も装いも街の様子も、郷里とは何もかもが違う。こんな街で自分は暮らしていけるだろうか。恥ずかしくない近所付き合いができるだろうか……？

＊＊＊

近所付き合いのことを案じていた泉だったが、タクシーが目的地に到着すると、とりあえずそのことは心配しなくても良さそうだな、と安心した。

道返大社は深い森に囲まれており、「近所」が全く見当たらなかったからだ。

道に面してそびえる鳥居は石造りで、「道返大社」と刻まれた石碑がその隣に立っている。鳥居をくぐった先には森の奥へ続く参道が延び、参道の左右の石灯籠にはか細い灯《あか》りが揺れていたが、それ以外の照明は見当たらないので、あたりはほとんど真っ暗だ。

「東京の市内にも、こんな森があるんですね」

「残したんだ」

泉が思わず漏らした言葉に、拝音がぼそりと反応する。「残した？」と泉が問い返すと、拝音は忌まわしげに自分の軍服を見下ろした。

「東京全域で進む都市開発の一環として、森を伐採する計画があったんだ。俺が軍属になったのは、そうすればこの森ごと道返大社を維持してやるという条件を提示されたからに過ぎない。そうでなければ誰が軍人になど……」

吐き捨てるように言い放ち、拝音が参道を歩き出す。風呂敷包みを背負った泉は慌てて後に続いた。

暗い参道に人の気配はなく、左右に広がる森から聞こえるのは、獣や鳥の立てる物音や虫の声ばかりだ。暗がりの中から青白く淡い光を帯びた虫が一匹、ひらひらと飛び出し、泉の前を横切っていった。

最初は蛍かと思ったが、羽の形や飛び方は明らかに蝶《ちょう》のものだ。島根では見たことのない綺麗な蝶に、泉はつい足を止め、その行方を目で追った。後ろの足音が止まったのに気付いたのだろう、拝音が振り返って泉を睨む。

「何をきょろきょろしている」

「す、すみません……！」

そう言って泉が歩き出したときにはもう、淡く光る蝶の姿は消えていた。どこかへ飛んで行ってしまったようだ。

そのまましばらく参道を進むと、道返大社の拝殿が見えてきた。

拝殿は屋根が左右に流れる切妻造《きりづまづくり》の建物で、その後ろに高床式の小さな本殿が寄り添うように建っている。本殿の縁の下は板で囲われ、覗けないようになっていた。

森の中に佇《たたず》む道返大社は、良く言えばいかにも歴史のありそうな、悪く言えば特徴がなく目立たないちっぽけな神社で、拝殿の左手前には古びた一軒家があった。

「社務所で、俺の家だ」

拝音がそう告げたその平屋の玄関先には、使い古された石油ランプが下がっており、障子窓からは行灯《あんどん》のものらしい光が漏れていた。

東京の市中にもかかわらず、ここは電気を引いていないらしかった。そして、灯りが付いているということは、拝音の家族が家にいるということだ。そう気付いた泉は慌てて姿勢を正した。

結婚経験のない泉でも、嫁入りにおいては夫の家族と——特に姑《しゅうとめ》と——良好な関係を築けるかどうかが大事ということくらいは知っている。緊張する泉の前で、拝音が「帰ったぞ」と木戸を引き開けると、野太い声がそれに応じた。

「お帰りなさいませ、若《わか》！」

親しみの籠もった声と共に現れたのは、四十歳前後の大柄な男性だった。

身長は拝音より少し低いほどで、引き締まった体に纏っているのは井桁文様の青の小袖と緑の前掛け。肌は浅黒く、髪は短く、顔は四角く、頰には古い大きな傷痕がある。

武芸者か俠客《きょうかく》を思わせるいかつい男の登場に、姑の出迎えを予想していた泉は面食らったが、男の方も泉を見て驚いたようで、敷居《しきい》を挟んだまま拝音に怪訝《けげん》な目を向けた。

「お客様連れとは珍しい。若、こちらのご婦人は？」

「……客ではない。うちの嫁だそうだ。今日、曲利が連れてきた」

拝音が面倒そうに言い放つ。それを聞くなり、頰に傷のある男は「何と！」と大きな声をあげ、拝音に隠れるように立っていた泉に向き直って頭を下げた。

「これはこれは、そうとは知らず……！　わしは籐野《とうの》哲斎《てつさい》と申します。この道返大社の住み込みで、こちらの若の身の回りのことから神事の補佐まで、まあ、何でもやっております。男二人の所帯ですので、ご不便をおかけするかもしれませんが、一つよろしくお願い申し上げます」

「こ、こちらこそ……！ ええと、私、千曳泉と申します」

「ほう！ 『千曳』様ですか」

泉の挨拶を聞いた哲斎が太い眉をひそめる。その反応に泉は軽く首を傾げた。

そう言えば拝音も、千曳という苗字を聞いた時、「千曳？」と問い返してきたけれど、そんな変わった苗字なのだろうか。それとも知り合いに千曳の姓が……？ 疑問を覚える泉に、哲斎は重ねて問いかけた。

「となると、ご出身は出雲《いずも》――島根ですかな？」

「え？ そ、その通りです……。よくお分かりですね……！」

「簡単に推測できる話だろう。『千曳の岩』の話の舞台は島根だからな」

驚いた泉を見て拝音が呆れた。

「千曳の岩」にまつわる神話は泉もさすがに知っている。日本を生んだ神の一人である伊弉諾尊《いざなぎのみこと》は、亡くなった妻・伊邪那美命《いざなみのみこと》に再会するため、冥界――黄泉《よみ》の国――へと向かうが、既に黄泉の住人となっていた伊邪那美は夫を拒絶する。伊邪那美に追われて逃げ帰った伊弉諾は、あの世とこの世の境目にある「黄泉比良坂《よもつひらさか》」という坂に大きな岩を置いて、行き来が出来ないようにするのだが、「千曳の岩」とはこの巨岩の呼び名だ。

なるほど、と納得する泉の前で拝音が続ける。

「『古事記』などによれば、黄泉比良坂に置かれた千曳の岩には『道反大神《ちがえしのおおかみ》』の名が与えられたことになっている。うちの道返という社号も比良坂の姓も、お前の千曳と同じ、黄泉の国往来譚《たん》に基づく名だ。曲利が嫁候補として見つけてきたということは、大方、お前の家もかつては神社だったのだろう。おそらく、千曳の岩にまつわる何かを奉じていたんじゃないのか」

「ど、どうなんでしょう……？　千曳の家は代々古いお社を守っていた、という話は聞いたことがありますが、両親は私が幼い頃に亡くなってしまったので……」

泉が不安げに語尾を濁す。それを聞いた哲斎はいかにも不憫《ふびん》そうに目を伏せたが、拝音は、泉が詳しいことを知らないなら話を続けても仕方ないと思ったようで、あっさりと会話を打ち切った。

家に入った拝音は早々に自室に引っ込んでしまったので、泉は哲斎に家の中を案内されることになった。

比良坂邸の屋内も外観同様に昔ながらの和風かつ古風な造りだった。哲斎は「電気も水道も引いておりませんので、色々不便で……」と苦笑しながら、奥まったところにある一室に泉を連れていき、その部屋を使うように言った。

「支度ができたら呼びますので、荷物を下ろして、足を休めておいてくだされ」

そう言い残して哲斎は立ち去った。部屋に残された泉は、ずっと抱えていた風呂敷包みを畳の上に下ろし、ふう、と一つ息を吐いて考えた。

哲斎の言う「支度」が食事の準備のことだとすれば、自分も手伝うべきだろうか。しかし、来たばかりの身で、あんまり出しゃばるのも失礼では……？

住み込みで働いたことなら何度もあるが、嫁入りするのは初めてなので、どうすべきなのかが分からない。泉はひとまず、言われた通りに待っていることに決め、改めてあてがわれた部屋を――石油ランプが照らす四畳半の部屋を見回した。

室内は綺麗に掃除されてはいるが、最近使われた形跡はない。窓と押し入れはそれぞれ一つずつで、畳の上には文机《ふづくえ》に座布団、壁際には背の高い箪笥《たんす》と古い化粧台。

哲斎は「男二人の所帯」と言っていたし、となると、この化粧台は、かつて拝音の母か姉妹が使っていたものだろうか……？

そんなことを思いながら荷解《にほど》きのために座り込むと、重い溜息が自然と漏れた。

疲れているんだなあ、と泉は思い、無理もないか、と自嘲した。

丸二日かけての上京だけでも大変だったのに、今日の午後からは怒濤《どとう》の展開が続いている。哲斎は優しそうだが、拝音は相変わらず怖いし、不安は募る一方だ。

どうか、この家に馴染《なじ》めますように……。

そう祈りながら、泉はわずかな荷物を片付け、ほどなくして哲斎が呼びに来たので、慌てて立ち上がった。

迎えにきた哲斎に導かれるまま、泉は「奥座敷」と呼ばれる部屋に入った。

そこは畳敷きの八畳間で、正面の床の間には立派な祭壇が設けられていた。

丸く大きくくもった鏡が正面に祀《まつ》られており、手前には白磁の酒器や御幣が供えられている。普通の座敷ではまず見ない光景に、泉は目を丸くした。

「神主さんのお家《うち》のお座敷って初めてですけど、こんな風になっているんですね」

「勘違いするな。これはあくまでうちの流儀だ」

呆れた声が泉の後ろから響く。拝音がやって来たようだ。その声に泉は「そうなんですね」と相槌《あいづち》を打ちつつ振り返り、そして、はっと息を呑んだ。

「うちは、普通の神社とは色々違っているからな」

そう言いながら入室してきた拝音は、あの濃緑の軍服ではなく、縮緬《ちりめん》の灰色の小袖を纏っていた。細帯を締め、薄い黒地の羽織を羽織っている。

表情こそ険しいままだが、今の拝音からは、つい手を合わせたくなるような厳かな落ち着きが感じられた。和服の方が着慣れているのだろう、所作や佇まいも優雅で無駄がなく、そして何より涼やかだ。

「軍服より着物の方がお似合いですね……」

つい泉が素直に感想を漏らすと、拝音は眉根を大きく寄せた。

「当たり前だ。これでも代々の神職だぞ」

「で、ですよね、すみません……。あと、私、こんな汚い服のままですみません……。着替えてきた方がいいですか？」

「いらん気遣いをするな。いいからそこに座れ」

そう言って拝音は泉を祭壇の前に正座させると、その隣に自分も座り、鏡に向かって一礼した。

お寺で言うところの「お勤め」のような、習慣的な儀式なのだろうと泉は思ったが、勝手が分からないのでただ座っていることしか出来ない。

拝音が無言で頭を上げると、脇に控えていた哲斎が黒塗りの三方を拝音の前に差し出した。三方の上には水を湛《たた》えた白磁の盃《さかずき》が二つ並んでいる。拝音はその一つを取り上げて一息に飲み干し、泉にもう一つの盃を飲むように言った。

「どう飲めばよろしいんでしょうか……？　私、お作法とか知らなくて」

「普通に飲め」

「は、はい」

言われるまま、泉は盃に口を付けて水を飲み干した。これでいいんだろうか……と不安になりながら盃を三方に戻すと、哲斎が深くうなずき、口を開いた。

「うむ。これで祝言も無事に終了しましたな。お疲れ様でございました」

二人を見つめた哲斎が笑う。嬉しそうな言葉に、泉はぎょっと驚いた。祝言？

「祝言って……い、今のが、結婚式だったということですか……？」

「何だ、その顔は。嫁入りが嫌なのか？」

目を丸くする泉の隣で拝音が露骨に顔をしかめる。泉は慌てて首を横に振り、その上でおずおずと言葉を重ねた。

「で、ですが、私の知っている神前の結納《ゆいのう》の式は、もっと長くて大掛かりなものでしたので、驚いてしまって……。親類縁者や氏子の方々を呼んで、お酒やお料理を振る舞ったり、それに着物も髪型もお化粧も——」

「よそはよそ、うちはうちだ」

「えっ？」

「神道は神道でも、うちは実用一点張りの流派だ。氏子はいないし、祝言のような些末《さまつ》な儀式は形だけ済ませればそれでいい」

「さ、些末？　結婚式がですか？」

「言ったろう。うちは普通の神社とは違う」

泉が見つめる先で拝音が言い放ち、脇に控えた哲斎が駄目押しのように首肯する。

それは聞きましたけれど……と、泉の胸中に声が響く。

自分は、想像していた以上に普通ではない神社に嫁入りしてしまったようだということに、泉は今になってようやく気付いた。

＊＊＊

その後、泉は、結婚した実感が全く湧かないまま、居間として使われているという部屋へ移動し、拝音らと共に食卓を囲んだ。

哲斎の用意した夕食は、麦飯に菜っ葉と豆腐の味噌汁《みそしる》、野菜の煮物に酢の物に漬物という簡素なもので、哲斎は「若は普段から身を清めておられます故、うちでは肉や酒は禁物でしてな」と申し訳なさそうに言ったが、粗末な食事に慣れている泉にとっては充分贅沢《ぜいたく》な献立だった。

食事が済むと、泉は洗い物のために席を立とうとしたが、そこを拝音が呼び止めた。

「この家の一員になったからには、知っておくべきことがある」

泉を座らせた拝音はそう前置きし、比良坂家の家業のことを語り始めた。

「今でこそ怪異退治の専門家に成り下がってしまっているが、本来の陰陽師は万物の調整役だ。陰陽師とはその名の通り、『陰』と『陽』を司《つかさど》るもの。対となる要素のどちらも排除することなく受け入れ、この世の理に則《のっと》って、世界をあるべき形に整え、保つ……。陰陽師とは、そういう仕事だ。少なくとも俺はそう自負している」

自分に言い聞かせるようにそう語り、拝音は更に言葉を重ねた。

曰く、多くの人は信じていないが、この世界には怪異が実在していること。

怪異の多くは普通の人間の五感では認知できないこと。

怪異は固有の本能や法則に従って行動し、対応を間違えなければ害を為《な》さないものがほとんどだが、危険な怪異も存在すること。

そんな危険な怪異の相手を秘密裏に請け負ってきたのが、道返大社の代々の神主——歴代の比良坂家の陰陽師であること。

神職を名乗ってはいるが、比良坂流の陰陽道《おんみようどう》はあくまで実用に特化したもので、大陸由来の道術や仙術の技術も生かされており、徳川時代には、密航してきたキリシタンの司祭を保護し、その知識を取り込んだりもしたこと……。

拝音の話は早い上に、泉にとっては聞き慣れない言葉も多かった。特に「安倍晴明《あべのせいめい》由来の陰陽道のうち、皇室に仕える土御門《つちみかど》家が表向きの儀式に特化していく裏で、実用的な陰陽術を発展させてきたのが比良坂家」だとか、「比良坂家は鎌倉時代に安倍家の一統が関東に移住したときに分派して生まれた一族で、道返大社はその時代に建立され、古流神道ともまた異なる独自の宗派」だとか、「異界の鬼神を召喚し、契約を結んだ上で使役することもあり、こういった鬼神を『式神』と呼ぶ」といった話は、正直なところ、泉にはほとんど理解できなかった。

だが、怪異の実在を前提とする拝音の語りは、これまで怪異が見えることを誰にも理解してもらえなかった泉を大いに安心させてくれた。

それに、当人は自虐的に話しているが、人を脅かす怪異を退治するのは立派な仕事だと泉は思ったし、何より、本来は秘密のはずの家業のことを、拝音が包み隠さず話してくれていることが嬉しかった。

この人は、私を家の一員として迎えようとしてくれている……。

そのことに深く感銘を受けた泉は、話し終えて一息ついている拝音に向かって、素直に頭を下げていた。

「ありがとうございました、比良坂さん。お疲れなのに……」

「『比良坂さん』はないだろう」

「えっ」

「もう祝言を済まされたわけですからなあ。泉様の姓も比良坂でございます」

拝音の脇に控えていた哲斎が苦笑する。それを聞いた泉は「あ」と口を押さえた。

「そ、そっか、そうですね。すみません……。でしたら、どうお呼びすれば？　ええと……『旦那様』でしょうか？」

姿勢を正した泉が口ごもりながら問いかけた。言い慣れない言葉な上に、気恥ずかしさもあるので、どうしても声が小さくなってしまう。泉に見つめられた拝音もまた座りの悪さを感じたようで、眉をひそめて目を逸らしてしまった。

「拝音でいい」

「そう言われましても、呼び捨てになんて……！　なら、『拝音さん』では？」

泉がおずおず尋ねると、拝音は「それで妥協しておく」と言いたげに無言でうなずき、湯飲みの白湯《さゆ》をごくりと飲んだ。

泉は自分も無言で首肯し、改めて拝音を――自分の夫となった人物を――見た。

近寄りがたい険しい雰囲気こそ出会った時から一貫しているが、厳しい声で怒鳴りがちだった軍服の時と比べると、着物姿の拝音は落ち着いて見える。やっぱりこっちが素なのだろうな……と泉が思っていると、聞き役に徹していた哲斎が口を開いた。

「しかし、意外でしたなあ。泉様は怪異の話を聞いてもまるで驚かれる素振りがなかった。昨今ですと、そんなもの迷信だとお笑いになる方が多いのに」

「え？　それは、だって――」

「言うわけがないだろう。何せ、こいつは神照目持ちだ」

泉の答えを遮るように拝音が告げる。それを聞くなり、哲斎は「何と！」と野太く大きな声を轟かせ、驚いた顔を泉に向けた。

「ははあ、なるほど！　曲利様が泉様を選ばれた理由がよく分かりましたわい。まさしく比良坂の家に相応しいお方！　いや、実に素晴らしい！」

「どっ、ど、どういたしまして……」

哲斎の大袈裟《おおげさ》な賞賛に、泉は顔を赤らめてうつむいた。

自分の体質が素晴らしいとか相応しいとか、そんな風に考えたことは一度もなかったので、褒められてもどう反応したらいいのか分からない。正座したまま縮こまる泉を、拝音が苛立たしげにじろりと見据えた。

「卑屈なやつだな。堂々としていろ」

「で、ですけど、私、『神照目』という言葉も知りませんでしたし……。それに、あいつは変なものが見えるんだ、気味の悪いおかしな女だって、ずっと言われてきましたから……。堂々とするなんて、とても……。すみません」

「いちいち謝るなと言っているだろう。気分が悪くなる」

いっそう縮こまる泉の向かい側の席で、拝音がきつく言い放つ。その語気に泉は反射的にびくっと震え、謝りそうになったが、「神照目の価値も理解せず……」と言い足す拝音を見て、はっと目を瞬《まばた》いた。

拝音さんはずっと私に対して怒っていると思っていたが、もしかして、この人の怒りの対象は、卑屈ですぐに謝る私ではなく、私をそんな性格にした周りの人たちなのかもしれない。

もしそうだとしたら、拝音さんは、一見すると近寄りがたくて怖いけれど、私のような人間に共感してくれる、優しい一面も持っているのかも……。

そんな事を考えているうちに、泉はまたも拝音をまじまじと見つめてしまっていた。

無言で凝視された拝音は不可解そうに顔をしかめ、「わけが分からん」と言いたげに頭を振った。

＊＊＊

食事の片付けと風呂を済ませ、そろそろ寝ようという段になり、泉はまたも驚いた。

泉は、夫婦になったからには夜は夫と一緒に寝るものだと思っていたし、それなりに覚悟を決めてもいた。

だが、そんな泉に対し、拝音は「お前は自分の部屋で寝ろ」と告げたのだ。

ぽかんと目を丸くする泉を、寝間着に着替えた拝音が冷ややかに見返す。

薄い夜着だけを纏った拝音は、羽織の時よりもなお体の線が細く見え、その佇まいはたおやかで女性的ですらあったが、表情や声は依然として険しかった。

「あの部屋では不服なのか？」

「え？　そ、そんな、滅相もありません……！　そうではなくて、ええと……祝言を挙げた夫婦は、その、普通は――」

「うちは普通と違うと何度言ったら分かる？　比良坂流の陰陽師は神職だ。女人との同衾《どうきん》などもってのほかだ」

顔を赤らめてぼそぼそ反論する泉に拝音が告げる。さらに拝音は、泉の不安を察したのか、「お前に手を付けるつもりはない」と念押しのように言い足し、哲斎とともに立ち去ってしまった。

女人禁制ということだろうか。でも、そんな決まりがあるなら、どうして嫁を探したりしたのだろう……？

疑問を覚える泉だったが、この家の常識を何も知らない身としては従うより他はない。何より、拝音が自分を安心させようとしてくれたことは伝わったので、そのことは泉にとって嬉しかった。

安心したような、あるいは拍子抜けしたような心持ちで自室に向かった泉は、押し入れから布団を引っ張り出して床に敷いた。行灯の灯を吹き消し、暗い部屋で柔らかい布団に横たわると、この日一番長い溜息が漏れた。

……本当に、色々あった一日だった。

嫁入り先だと思って向かった先は化け物屋敷で、怪異「高女」に襲われて死を覚悟したところを軍服の陰陽師に助けられ、その陰陽師は神主でしかも自分の婿でもあり、気付かないうちに祝言が終わり、今は神社の社務所を兼ねた家で横になっている。

あまりに盛り沢山すぎたからだろう、東京駅に着いたのはわずか半日前なのに、まるで数か月前の出来事だったように思えてしまう。

「あれよあれよ」という言葉はこういう時に使うんだろうな……と泉は自嘲し、改めて、新しい夫と新しい家のことを考えた。

神社の仕事も陰陽師のことも全然知らない自分がちゃんとやっていけるだろうか、という不安はもちろんある。

だが、拝音は怖いけれど悪い人ではなさそうだし、哲斎も、見た目こそいかついが優しい性格のようだ。それに何より、明日からはもう怪異が見えることを隠さないでいいと思うと、それだけで泉の気は少し楽になった。

一日も早くここに慣れて、役に立てるようにならないと……。そのためにも、今日はしっかり寝よう。

泉はそう自分に語りかけ、ゆっくりと瞼《まぶた》を閉じた。


そして、その数時間後、午前一時過ぎのこと。

道返大社の社務所兼住居に、泉の悲鳴が響き渡った。

布団を抱きしめた泉が真っ青になって震えていると、忙《せわ》しい足音が泉の部屋に近づき、障子戸の外から拝音の声が響いた。

「何の騒ぎだ」

苛《いら》つきの混じった、それでいて相手を案じるような声が障子戸越しに投げかけられる。

泉ははっと息を吞み、閉ざされたままの戸に目をやった。

「拝音さん？　まだ起きてらっしゃったんですか？」

「お前の声に起こされたんだ」

「すっ、すみません……！　お疲れのところを……」

青い顔の泉が肩を縮めて歯切れの悪い声を発する。それを聞いた拝音は、障子戸越しに大きな嘆息を響かせた。

「分かっているなら寝かせてくれ。お前も寝ろ」

「そうしたいんですが……その、ここだと、寝られなくて」

「寝られないのはお前の勝手だろう。悪い夢でも見たのか？　それとも、お化けが出るとでも言いたいのか？」

「……実は、そうなんです」

呆れかえった拝音の問いに、泉がぼそりと短く応じる。

直後、勢いよく障子戸が開き、眉をひそめた拝音が姿を見せた。

「俺の部屋に来い。話を聞かせろ」

拝音の寝室は、八畳ほどの畳敷きの部屋だった。

寝るためだけに使っている部屋なのだろう、拝音の布団以外にあるのは小さな衣装箪《だん》笥《す》と火鉢程度で、枕元に置かれた行灯が淡い光を放っている。

布団の脇の座布団に座らせられた泉が青い顔のまま口を開く。

「夜分遅くからすみません……。拝音さんのお部屋なのに」

「気にするな。仕事場にしている書斎に勝手に入られると困るが、この寝室には見られて困るものもない。それよりお前が何を見たのか、具体的に聞かせろ」

「は、はい……。最初は、うっすら光る蝶が顔の周りを飛んでいて、それで目が覚めたんです。参道でも見た蝶でしたから、窓から入ってきたのかなと思ったんですけど、よく見たら、壁を突き抜けて出入りしていて……あっ、普通の生き物じゃない、って気付いたんです」

「――『異蝶』か」

「いちょう?」

「異なる蝶と書いてそう読む。大正元年に上野《うえの》公園《こうえん》に発生したこともある怪異だ」

「公園にお化けが出るんですか……?」

「上野は江戸東京の鬼門に位置し、上野公園と接する寛永寺《かんえいじ》は、神田《かんだ》明神《みょうじん》とともに鬼門を堰《せ》き止《と》めるために設けられた施設で、怪異はそういう土地を好む。まあ、異蝶は人に害を及ぼすようなことはしないから、放置しておいても問題はない」

淡々とした解説が広い寝室に響く。拝音は雑談や会話こそ好まないが、ちゃんと説明してくれる人ではあるようだ。泉は黙って耳を傾け、やがて拝音の説明が一段落したところで口を開いた。

「あ、ありがとうございました……。よく分かりました……」

「分かればいい。安心したならもう寝ろ」

「え？　いえ、それがですね……」

「まさか──他にも何か出たのか？」

「……はい」

こくりと首を縦に振り、泉は、異蝶に続いて出たものたちのことを語った。

天井裏からは豆をばらまくような音が響き、外からは下手糞《へたくそ》な笛や太鼓の音が轟く。部屋の隅の暗がりには一つ目の小坊主が現れ、枕は勝手に動きだす。果ては、天井に巨大な老女の顔が浮かび上がって長い舌を垂らす……。

青い舌で顔を舐《な》められて思わず悲鳴をあげてしまい、お化けたちはその悲鳴を聞いたら消えた、と泉が話すと、拝音は大きく眉根を寄せ、興味深そうな声を漏らした。

「『小豆計り』に『馬鹿囃子《ばかばやし》』、『一目小僧《ひとつめ》』に『枕返し』に『大首《おおくび》』か。いずれも東京では死に絶えたと思っていた怪異ばかりだが……まさか、この神社に生き残っていたとはな。灯台下暗しとはこのことか」

そう語る拝音の声はなぜか嬉しげで、安堵感までもが伝わってくる。

拝音が喜ぶところを見るのは、泉にとって初めてだ。この人、こんな風に喜ぶんだ……と泉は思い、そして首を傾げて尋ねた。

「あの、拝音さんは、そういうお化けがいることを、ご存じなかったんですか？」

「ああ。お前を脅したのはいずれも、怪異への感度が高い者……すなわち、神照目を持つような者にしか認知できない。微弱で稀薄《きはく》な連中だ。人に害を為すような大物なら俺がとっくに気付いている」

「そ、そうなんですね……。お騒がせしてしまって、すみません」

「だからいちいち謝るな。それより、その怪異たちはこの部屋にもいるのか？」

心持ち身を乗り出して拝音が尋ねる。問われた泉は首を左右に振った。

「い、いいえ……。この部屋には何もいません。何も聞こえませんし、入ってくる様子もありませんから……すごく静かで、落ち着いています」

「……そうか。まあ、ここは俺が使っているからな。怪異を殺して回る陰陽師の部屋など、近づきたくもないのだろう」

拝音が自嘲し、肩をすくめる。

その表情はなぜか残念そうにも見え、泉は訝り、そして困った。

さっきまでさんざん脅されていた泉にしてみれば、この環境は羨ましい。できれば寝室を替わってほしいくらいだったが、嫁入り初日にそれを言い出す勇気はさすがにないし、部屋に帰ったところで寝られるとは思えない。

どうしたものかと困って肩を落とす泉だったが、ふいに拝音が口を開いた。

「ここで寝ろ」

「えっ⁉」

夫の意外な言葉に泉が思わず声をあげた。

いいんですか、と泉が視線で問いかけると、拝音はさも面倒そうに続けた。

「お前の部屋に出たものを調伏することは可能だが、あの手の希薄な連中は虫と同じだ。多少祓《はら》ってもどこからか集まってくるからキリがないし、そんなことに力を使いたくもない。出入りできないよう結界を張るには時間が掛かり、俺は疲れていて眠い」

「な、なるほど……。でも、いいんですか？　同衾は駄目だって」

「誰が同じ布団で寝ると言った？　お前の布団を持ってきて、適当に敷いて寝ろと言っているんだ」

おどおどする泉を見返し、拝音が苛立った声で言い放つ。その剣幕に泉は「すみません！」と頭を下げたが、同時にほっと安堵してもいた。

その後、泉は拝音の寝室に布団一組を運び、拝音の布団から二、三尺ほど離れた位置にそれを敷いて横になった。

……これで、やっと眠れそうだ。

安堵した泉が目を閉じようとした時、少し離れたところから拝音の声が響いた。

「そんなに、うるさいものなのか……？」

抑えた声での問いかけに、泉は思わずそちらを見たが、既に行灯の灯は落としているので拝音の顔は見えない。静かな暗がりの中で、布団に横たわったまま、泉は「はい」とうなずいた。

「ずっとうるさいわけではないんですが、全然気が休まらなくて……。これまで、色々なものを見たり聞いたりしてきましたけれど、あんなに賑《にぎ》やかなのは初めてでした」

「……そうか。おそらく、自分たちを認知できる人間が久しぶりに来て、はしゃいでいたんだろうな」

そう返した拝音の声は、どことなく羨ましそうで、そして寂しげでもあった。

拝音は怪異を自分の目や耳で感じたいのだということに、泉は気付いた。

怪異を認知してしまう体質は、泉にとってはずっと悩みの種でしかなかった。

だが、拝音にとっては憧れの対象なのかもしれない。

この人に、神照目を譲ってあげられたらいいのに……。

そんなことを思いながら、泉はようやく深い眠りに落ちていった。

第三章　初めての共同任務

翌朝、泉が目を覚ますと、窓の外は既に明るくなっていた。

部屋の中は静まりかえっており、障子窓から朝日が差し込んでいる。見慣れた女中用の大部屋とはまるで違う光景に、泉は一瞬戸惑い、すぐに自分が今どこにいるのかを——昨夜自分がこの家に嫁入りし、拝音の部屋で寝かせてもらったことを——思い出した。


寝過ぎた……！

慌てて跳ね起きて隣を見ると、丁寧に畳まれた布団が一組あるだけで、夫の拝音の姿は見当たらない。拝音はもうとっくに起きて部屋を出て行ったようだと気付き、泉は青ざめた。

結婚生活の経験はないが、嫁入りしたばかりの妻が夫より遅く起きるのは良くないということくらいは知っている。焦った泉は自室に戻って全速力で着替え、身支度を整えた。

とりあえず朝食の支度をしないと……！　それとも、その前にまず拝音に朝寝を詫びるべき……？

　泉が慌てて土間にある台所に向かうと、前掛けを付けた大柄な男性――哲斎が、竈《かまど》に掛けられた鍋と向き合っていた。使い込まれた鍋からは出汁《だし》と味噌《みそ》のかぐわしい香りが漂っている。味噌汁の味見をしていた哲斎が泉に気付いて頭を下げる。

「おお、奥様。お早《はよ》うございます」

「『奥様』？　あ、そうか、私のことですよね……。ええと、お早うございます……！　いえ、全然早くはないんですけど……。すみません」

「お気遣いなく。もう朝食が出来上がりますので、今少しお待ちください。昨夜はよく寝られましたかな？」

「は、はい、おかげさまで……。と言うか、朝ご飯の支度は私がしないといけないのに……本当にすみません……！　こんなんじゃ、私、失格ですよね……。それと、あの、拝音さんは？　寝過ぎてしまったことをまず謝らないと――」

　土間に駆け下りた泉が落ち着かない様子で狼狽《うろた》える。口早に困惑を募らせる泉を見て、哲斎は穏やかに苦笑した。

「まあまあ、落ち着きなされ奥様。飯の支度や若のお世話は、そもそもわしの役目です。手伝っていただけるなら助かりますが、全てお任せするつもりはございませんぞ。そして若は今、お社で朝の礼拝と潔斎の最中です。お邪魔してはなりません」

「礼拝と潔斎……。お勤めみたいなものですか？」

「そんなところですな。じきに戻ってこられますからお待ちください」

「……はい」

おとなしくうなずいたものの、目の前に手際よく働いている人がいるのに何もせず待っているというのは、どうにも居心地が悪い。叱られた子供のような顔で泉が土間の隅に立ちつくしていると、それを見かねたのか、哲斎が微笑んで口を開いた。

「では奥様。そこの樽《たる》に漬物が入っておりますので、適当に切っていただけますかな。あと、飯が炊けていますので、お櫃《ひつ》に移して居間へ運んでください」

「あ――はい！」

仕事を貰《もら》えた安堵感から思っていたより大きな声が出てしまう。思わず顔を赤らめる泉を見て、哲斎は「元気な奥様だ」と豪快に笑った。泉は「すみません」と頭を下げ、抑えた声で言い足した。

「『奥様』って呼ばれ方、慣れないです……」

「まあ、まだ二日目ですからな。そう言えば、若は奥様のことをどう呼んでおられるのです？」

「え？　ええと……。『お前』ですかね」

漬物樽に歩み寄った泉が昨夜のやり取りを思い出して答えると、それを聞いた哲斎は、心の底から呆れた顔で嘆息した。

泉たちが食事の支度を済ませて程なくして、拝音が戻ってきた。

白の狩衣《かりぎぬ》に薄い灰色の袴という、いかにも神職らしい姿で居間に現れた拝音は、寝過ぎたことを詫びる泉を詰《なじ》ることもなく、昨夜と同じ小袖に着替えてから食卓に着いた。

座るように促された泉が、おずおずと拝音の向かいに腰を下ろすと、拝音の脇に給仕役として控えた哲斎が嬉しそうに拝音に告げた。

「若。この沢庵《たくあん》は奥様が手ずから切られたのですぞ」

「だから何だ」

心底どうでも良さそうに拝音が応じ、それきり会話は途切れてしまう。

味噌汁も漬物も飯も味は申し分のないものだったが、険しい顔で黙々と食事を続ける拝音と向かい合っての朝食は息が詰まって仕方ない。泉は居心地の悪さを覚えながら食事を続け、やがて食べ終わる頃になってようやく口を開いた。

「あ、あの、拝音さん……。今日は何をなさるんですか？」

「何だ、藪《やぶ》から棒に？　とりあえず昨日の仕事の報告書をまとめるつもりだ」

「そうなんですね……。なら、私も何かお手伝いを――」

「不要だ」

「す、すみません、でも、なら私は何を……？　神社にお嫁入りしたからには、やっぱり、巫女《みこ》の修行とかをさせていただくことになるんですか……？」

「何？　いや、そんなつもりはないが」

食後の白湯を飲んでいた拝音が怪訝な顔を上げる。眉をひそめた拝音が睨んだ先で、泉は「だったら」と言葉を重ねた。

「あ、あの、私にできること――することがあれば何でも言ってください……！　お食事の支度は哲斎さんのお仕事というのは聞きましたが、お手伝いはいくらでもしますし、それにお買い物とかお掃除とか、縫い物でも畑仕事でも草刈りでも……あっ、簡単な大工仕事くらいなら一応できますから――」

「落ち着け」

次第に口早になっていく泉の言葉を、拝音の呆れた声が遮った。黙り込んだ泉を前に、拝音は隣の哲斎と顔を見合わせた。おやおやと言いたげに哲斎が微笑む。

「畑仕事を手伝っていただけるのは、わしとしては助かりますがな」

「ここ、畑があるんですか？」

「社務所の裏に小さな畑がございまして、主にわしが手入れをしてございます。しかし、先の台所の時といい、奥様はどうも働きたくて仕方がないようですなあ」

「と言うかお前、『働かないといけない』と思っているだろう。いや、それどころか、『仕事をしないと居場所が貰えない』と思っていないか？」

泉に向き直った拝音が詰問するように問いかける。少年らしさの残った若々しい顔立ちの拝音だが、その眼光は鋭く強い。気圧された泉が押し黙ると、拝音はこれ見よがしに溜息を落とした。

「……いいか。これまでのお前がどういう境遇で生きてきたのか俺は知らないが、これだけは言っておくぞ。ここは、お前の奉公先でも勤め先でもないんだ」

「えっ」

「昨夜、婚姻を済ませたことを思いだせ。騙《だま》し討ちのような不本意な嫁入りだったかもしれないが、少なくともここではお前は、役に立たないからと言って追い出されることはない。今、ここは、お前の家なんだ」

「私の……家……？」

拝音が口にした言葉を泉は疑問形で繰り返した。

自分の家と言われても、物心ついた頃から住み込み働きを続け、追い出されないように必死に振る舞ってきた泉にとっては実感が湧かない。ピンときていないことが拝音にも伝わったのだろう、拝音は再び嘆息し、呆れた様子で立ち上がった。

「もういい。ともかく、出しゃばって余計なことをされても迷惑だ。何か用事があれば呼ぶから、まずはここに馴染むことを考えろ。いいな」

厳しい口調で言い放ち、拝音は食卓から立ち去ってしまった。残された泉は「はあ……」と間抜けな相槌を打ち、哲斎と顔を見合わせた。

「あの……私、拝音さんのこと、怒らせてしまったんでしょうか……？」

眉根を寄せた泉がおずおず問いかけると、哲斎はそれには答えず、ただ「先が思いやられますなあ」と苦笑いを浮かべた。


「まずは馴染むことを考えろ」と言われても、無為に過ごしているだけで馴染みが深まるわけもない。哲斎とともに朝食の後片付けを済ませた後、手持ち無沙汰になった泉は、自主的に参道を掃除することにした。

縁起の悪い立地で氏子もいないような神社とはいえ、仮にも東京の町中なのだから、参拝客が立ち寄ることはあるだろうし、だったら綺麗な方が良《い》いはずだ。

そう思った泉は、玄関脇の竹箒《たけぼうき》を手に、広々とした参道に向かった。

参道の左右にそびえる木立はいずれも立派な大木で、まるで深い山の中のような光景だが、木々の向こうから聞こえてくる自動車や鉄道の音が、ここは大都会・東京だということを告げている。

玉砂利が敷かれた長い長い参道を前に、泉は気合を入れて掃除に取り掛かった。

参拝客が来た時にどう挨拶すべきか、どう自己紹介すれば角が立たないか……。

そんなことを考えながら、泉は黙々と箒を動かし続けたが、小一時間近く経《た》っても掃除は終わらず、そして、参拝客は一人も姿を見せなかった。

——神道は神道でも、うちは実用一点張りの流派だ。氏子はいないし、祝言のような些末な儀式は形だけ済ませればそれでいい。

——言ったろう。うちは普通の神社とは違う。

昨夜、拝音が口にした言葉が泉の胸中に蘇《よみがえ》る。確かにここは普通の神社ではないらしい。そのことを改めて実感しつつ灯籠の陰で一休みしていると、ふいに気さくな声が投げかけられた。

「やあやあお疲れさん。精が出ますな」

「あっ、お早うございます！　初めまして、私、この神社に……って、曲利さん？」

泉が思わず名前を口にした通り、長い参道の向こうからやってきたのは、背広姿の痩身の青年——曲利仙爾郎だった。薄い鞄《かばん》を提げた曲利は笑顔で「お早うさん」と応じ、箒を手にした泉に歩み寄った。

「さすが僕の見込んだ泉ちゃんや。もうすっかり神社の新妻が板についとるね」

「そ、そうでしょうか……？　まだ全然だと思うんですが……」

「あかんよー、もっと自分に自信を持たんと。しかしまあ、泉ちゃんも災難やなあ。せっかく東京に来られたのに、嫁入り先は陰気で不気味で怪しい神社、旦那は辛気臭くて胡散臭《うさんくさ》いしかめっ面の陰陽師。僕やったらがっかりやで。なあ？」

縁組をしたのは当の自分であるくせに、曲利が抜け抜けと言い放つ。同意を求められた泉は慌てて首を横に振った。

「そんな、がっかりなんて……！　拝音さんには良くしていただいていますし……」

「お、そう来たか。まさか昨日の今日でのろけを聞かされるとは思わんかったで。ごちそうさん」

「え？　の、のろけなんてそんな、私はただ――」

「それより拝音おる？」

泉をからかうのに飽きたのだろう、曲利があっさり話を変える。「社務所におられますけど、ご用ですか？」と泉が応じると、曲利はもったいぶって深々とうなずき、ニッと笑った。

「急ぎで機密のお仕事や」

泉は曲利を来客応接用の座敷へ案内し、自室で仕事をしていた拝音を呼んだ。買い物にでも出かけたのか、哲斎の姿は見当たらなかったので、泉は曲利にお茶を出し、「では私はこれで」と参道の掃除に戻ろうとしたが、そこを曲利が引き留めた。

「いや、どこ行くねんな。泉ちゃんにも話を聞いてもらわんと」

座布団の上で胡坐《あぐら》をかいた曲利が手招きしながら呼びかける。部屋を出ようとしていた泉は困惑し、正座した拝音に目をやって小声で尋ねた。

「あ、あの、曲利さんがこう仰っていますけど……」

「わざわざ言わずとも聞こえている」

「そらそうやろな。ここは静かやし狭いし、おまけに椅子もテーブルもないときた。なあ拝音。今の流行は洋風やで、洋風？　前から言うてるけど、ここもバシッと今風にモダンに改築を」

「うるさい。そんな神社があってたまるか」

曲利の軽口を拝音の呆れた声が遮る。さらに拝音は泉に向き直ることもなく「早く座れ」と言い足した。意外な指示に泉が戸惑う。

「え？　でも……いいんですか？　お仕事の……それも、機密のお話なんですよね？　私なんかが……」

「曲利がいいと言っているのだから問題あるまい」

「は、はい……。では、失礼します」

おずおずとうなずいた泉は、どこに座るべきか思案した後、部屋の隅、拝音の斜め後ろあたりの位置に、座布団を使わず正座した。

それを待っていたかのように曲利が鞄から数枚の書類を取り出し、拝音に手渡す。拝音は書類に目を落とし、露骨に不快そうに眉根を寄せた。

「今度は代々木《よよぎ》か」

「せや。再開発地域の一つやね。例によって、古い町並みを取り壊してモダンに作り変える計画なんやけど、おかしなことが続いて工事がなかなか進まへん」

「おかしなことと言うと」

「三枚目に書いてあるやろ。風もないのに建物がガタガタ揺れたり、どこからともなく女のすすり泣く声が聞こえたり、夜中に火の玉がふわふわ飛んだり……。まあ、それくらいなら他愛もない話なんやけど、白昼堂々、角材が浮き上がって作業員の上に落ちてくる、いう事件が起こってな。下にいたやつは死にはせんかったけど、足の骨が折れる大怪我や。で、皆怖がって逃げてしもたさかい、ここはひとつ先触屋に」

「俺は陰陽師だ」

「こら失敬。陰陽師に対処させよ、とのお達しが出たわけや。代々木再開発は某大臣閣下肝入りの事業やさかい、他の案件より優先するように……とまあ、そういう話なんやけど、やってくれる？」

　胡坐の姿勢のまま、曲利が身を乗り出して笑いかける。書類と一緒に渡された地図を見ていた拝音は、曲利とは対照的に陰気なしかめっ面のまま応じた。

「やってくれるも何も、今の俺は雇われの身だ。受けないという選択肢はない」

「君は話が早いさかい助かるわあ。で、どう？　原因分かるか？」

「大体の祭しは付く。ここには確か古い稲荷《いなり》社があったはずだ。それを遷座祭《せんざさい》もせずに取り壊したんじゃないか？」

「知らんけど、ありそうな話やな。つうことは犯人はお稲荷さん？」

「おそらくな。神として祀られるものは、居場所があれば静かにしているが、反面、居場所を奪われると激昂《げきこう》しやすい。社を壊された怒りで祟《たた》っているんだろう」

「へー。まあ、江戸はお稲荷さんだらけの町やったらしいさかいなあ。火事と喧嘩《けんか》は江戸の華、江戸名物は伊勢《いせ》屋《や》稲荷に犬の糞《くそ》て言うし、町中が近代化するとなったら取り壊されるお稲荷さんも出てくるわな。で、どう？　退治できる？」

「祓《はら》えるとは思う」

曲利のあっさりした問いかけを受け、拝音が即答する。それを聞いた曲利が「助かるわあ」と笑顔になるのと同時に、泉の戸惑う声が座敷に響いた。

「えっ……!?」

泉が思わず発した大きな声に、拝音と曲利が揃って泉へ視線を向ける。泉は慌てて「すみません」と頭を下げたが、拝音はその謝罪を受け流し、顔をしかめて問いかけた。

「何を驚いている。怪異を祓うのが俺の仕事だということは昨夜説明しただろう」

「は、はい……。すみませ」

「いちいち謝らなくていいし、言いたいことがあるならはっきり言え。黙っていられると逆に気になる」

眉をひそめた拝音が言い放つ。曲利にもどうぞどうぞと仕草で促され、泉はおずおず口を開いた。

「今のお話を聞いて、驚いてしまって……。あの、お稲荷様を退治するんですか？」

「そうだ」

「で、でも、お稲荷様って神様ですよね……？　確か、宇迦之御魂《うかのみたま》様……」

「ほう。詳しいな」

「りょ、両親が信心深かったので……。それで、その、昨日みたいに危険なお化け——怪異なら、退治するしかないのも分かるんですが……でも、古いお社が壊されて祟っているということは、ずっとそこで祀られていた神様なんですよね？　それを——」

「神かどうかは見方次第だ」

「え？　見方次第って、どういう——」

「割り切れ、と言っている。人に益をもたらすなら祀るべき神だが、人に害を為すなら危険な怪異だ。排除されるべき存在、陰陽師にとっての敵だ。それだけのことだ」

泉の問いかけを遮った拝音が厳しい声で言い放ち、膝の上で拳を強く握り締めた。泉だけでなく自分自身にも言い聞かせるようなきつい語調に、泉ははっと押し黙った。

人の都合で祀っておいて、不要になったらお社を壊し、それで怒って暴れたら、危険だからと退治する。それはあまりに身勝手ではないか……。

泉の胸中にはそんな声が渦巻いていたが、口に出すことはできなかった。

おそらく拝音も同じ葛藤を抱えていることに……いや、泉よりずっと前からその葛藤を抱えたままこの仕事を続けていることに、泉は気付いてしまっていた。

座敷に気まずい沈黙が満ちる。泉と拝音が黙る中、曲利があっけらかんと笑った。

「『神かどうかは見方次第』か。いつもながら、神主の言葉とは思えんな」

「知っているだろう。うちは——」

「『普通の神社じゃない』、やろ？　よう存じてます。ともかくそういうことやさかい、後は二人でよろしく」

「ああ、分かっ——『二人』？」

ぞんざいにうなずいた直後、拝音が大きく眉根を寄せる。戸惑った顔で見返された曲利は大仰に首肯し、まず拝音を、続いて泉を指差した。

「せや。拝音と泉ちゃんの二人や」

「え!?　わ、私もですか……？」

「当たり前やがな。何のために同席してもろたと思ってたんや。これ、一応、機密案件やで。無関係な女の子に聞かせられるわけがあらへん」

「そ、それはそうかもしれませんけど……」

「危険すぎる」

うろたえる泉に代わって拝音が口を開いた。体ごと曲利に向き直った拝音が、険しい顔で言葉を重ねる。

「こいつは確かに神照目を持っているが、身を守る術を何も知らないんだぞ。重傷者が出ているような現場に連れていくなど」

「それを守るのも旦那様の仕事やがな。零落した神は凶暴な上に執念深い、本体を倒しても分霊を残してることもあるし、そもそも妖気が薄くて見つけにくいから、そこらの怪異より厄介や……て、自分、前に言うてたがな。僕はしっかり覚えてるで。大体、拝音かて分かってるやろ？　お化けが見える泉ちゃんがおったら、拝音はお化け探しに振り分けてた力を退治だけに向けられる。どう考えても、そっちの方が効率的や」

「しかし──」

「しかしも案山子《かかし》もあらへん。今後、陰陽師の仕事の際には泉ちゃんを同行させること！　これは君の監理者としての命令や」

有無を言わせぬ口調で曲利がぴしりと言い放つ。

雇われの身である以上、「命令」と言われてしまうと逆らえないのだろう、拝音がぐっと歯噛みして沈黙する。悔しげに震える痩身の背中に泉は声を掛けられなかった。

そんな二人を──夫婦を──前に、曲利は一瞬目を細めたが、ふいに姿勢を崩し、気さくな声に切り替えて口を開いた。

「……で、ここからは君の友人としての忠告っちゅうか世間話や。泉ちゃんも聞いとってな。……なあ、拝音。自分、これまで何べんも死にかけたやないか」

「うるさい」

「そうなんですか？」

ぶっきらぼうな拝音の返事と泉の驚いた声が同時に響く。泉の反応が面白かったのだろう、曲利は泉に向き直り、困ったような笑みを浮かべてうなずいた。

「昨日の現場だけ見ると、向かうところ敵なしの手練《てだ》れに見えたかもしれんけどな。あれは運が良かっただけで、正直、まだ生きとるのが不思議なくらいやで。西多摩《にしたま》の雪女と戦った時は凍死寸前まで追い込まれたし、紀伊國坂《きのくにざか》のムジナにもあとちょっとで食い殺されるところやったし……。せやろ、拝音？」

問いかけられた拝音は何も答えようとしなかったが、その沈黙が曲利の言葉が正しいことを告げている。やがて曲利が「僕は君が心配やねん」と言い足すと、拝音は観念したように大きく嘆息し、体ごと泉に振り返って口を開いた。

「……お前はどうしたい」

「え？」

「事情は今聞いた通りだ。お前は俺の仕事に同行したいか、と聞いている」

不本意そうに拝音が問いかける。泉はほんの少しの間だけ思案し、膝の上に置いていた手にぐっと力を入れて、拝音を見返した。

「――行きたいです」

「何？　本気か？」

「はい」

「分かっているのか？　どんな危険な目に遭うとも知れないんだぞ？　俺が守り切れるとも限らないし、第一、今回の相手は、社を奪われて荒れる稲荷だ。神殺しはお前にとって不本意なことではないのか？」

顔をしかめた拝音が矢継ぎ早に詰問を重ねる。口調こそ厳しかったが、言葉の裏からは泉への気遣いが伝わってくる。そのことを嬉しく感じながら、泉は再度首を縦に振り、続けた。

「……はい。でも、元は神様だったとしても、今は危ないものになってしまっているのなら、誰かが何とかするしかないとも思います。拝音さんが、危険な怪異の退治を引き受けることで、町の人たちの暮らしを守っているなら……」

「『町の人たち』と来たか。あいにく、俺の仕事はそんな高尚なものではない。ただの国の下請けだ」

「で、でも、実際、拝音さんがやらないと困る人がいるんですよね……？　だったら、立派なお仕事だと私は思います……。それに、拝音さんは今朝、ここはお前の家なんだから役に立たないからと言って追い出されることはない、まずは馴染むことを考えろって言ってくださいましたよね」

「言ったがどうした」

「あの言葉は、とても嬉しかったです。これまで、あんな風に言われたことはありませんでしたから……。でも、何もしないまま置いてもらうのは、やっぱり、すっきりしないんです。自分にしかできないことがあるなら、私はそれをやりたい……。私は誰かの役に立ちたいんです。だから、手伝わせてください……！」

最初はおずおずと、次第にはっきりと、泉は言葉を重ねた。真正面から見返された拝音は、なぜかはっと息を呑み、ぎりぎり聞き取れるほどの微《かす》かな声を漏らした。

「……お前も、それを言うのか」

「え？　拝音さん、今なんて——」

「何でもない。分かった。連れていけばいいんだろう」

泉の問いかけに被《かぶ》せるように、拝音が観念した顔で言い放つ。泉が「ありがとうございます！」と頭を下げると、二人のやりとりを見ていた曲利は嬉しそうに破顔した。

「決まりやね。ほな、夕方に車を手配しとくさかい、あとはよろしく」

曲利が座敷から立ち去った後、拝音は聞こえよがしに大きな溜息を落とした。

やはり、自分が出過ぎた真似《まね》をしたせいで気分を害してしまったのだろうか……。

今更ながら不安になる泉だったが、拝音はその心中を察したのか、首を横に振った。

「……別にお前は悪くない。それより、聞いていた通り、迎えの車が夕方に来る。つもりをしておけ」

「つもり……準備をしておけということですね。分かりました。拝音さん、何を持っていかれるんですか？」

「何を勘違いしている？　俺の支度は俺がする。子供じゃないんだぞ。お前は心構えだけしておけばいい」

そう言うと、拝音は「書類仕事の続きがある」と言い足して再び自室に戻ってしまった。一人取り残された泉は大きく眉をひそめた。

物心ついた時から、お化け——怪異を見慣れてはいるが、あれらと真っ向から戦ったことも退治に同行したこともない身としては、心構えをしておけと言われても、何をどうすればいいのかさっぱりだ。

せっかく神社にいるのだから拝殿でお祈りしておこうか、とも考えたが、社を壊されて怒っている元神様を退治しに行くのに別の神社にお参りするというのも、何だか妙な話だし、むしろ逆効果にも思えたので止めておいた。

結局、泉は参道や社務所の掃除に一日を費やし、やがて日が傾き始めた頃、軍装に着替え、マントを羽織った拝音とともに迎えの自動車に乗り込んで代々木に向かった。

拝音当人は和装の方が好きなようだが、長身の美丈夫である拝音には体にぴったりした洋装もよく似合う。拝音と後部座席に並んで座った泉は、自分の夫となった若者の外見に改めて見入り、直後、自分のような粗末な着物を着た地味な娘がその隣にいる事を申し訳なく思った。

「……すみません」

「急にどうした？」

＊＊＊

現場である代々木の再開発区画には、まるで廃墟《はいきょ》のような光景が広がっていた。かつては長屋や商家が建ち並んでいたらしい街並はほぼ打ち壊されており、壁や柱や床板、屋根板などだったものが、そこかしこに積み上げられている。

工事の途中で作業員たちが逃げ出してしまったせいだろう、中途半端に原型を留《とど》めた建物もぽつぽつと残っているのがいっそう不穏だ。既に日は沈み、この一角には街灯も灯籠もないため、あたりはかなり薄暗い。

「す、すごく不気味ですね……」

「何？　何か感じたのか？　それとも怪異が見えたのか？」

泉が思わず漏らした言葉に、先を歩いていた拝音が弾《はじ》かれたように振り返る。その剣幕に泉はきょとんと目を見開き、首を激しく左右に振った。

「ちっ、違います、違います……！　ただの感想です……！　ただ、不気味な場所だなって思ったので」

「人騒がせな。驚かせるな」

呆れた顔の拝音が胸を撫で下ろす。「すみません」と頭を下げる泉に拝音は再び背を向け、行くぞ、と告げて歩き出した。泉が慌てて後に続く。

「今更ですけど、どこに向かっているんですか？」

「かつて稲荷の社があった場所だ。おそらく奴はそのあたりにいる」

「そうなんですね……」

相槌を打つ泉の声は重たかった。

お稲荷さんは、泉の地元でも親しまれていた、馴染みのある神様だ。それを退治するなんて…。

自分で同行を言い出した以上、割り切らなければいけないと分かってはいるものの、わだかまりは消えてくれない。すっきりしない気持ちを抱えたまま歩く泉だったが、前を行く拝音がふいに抑えた声を発した。

「……江戸には確かに稲荷社が多かったが、そのほとんどは稲荷神——宇迦之御魂神を祀ったものではない」

「えっ？」

「大半は、稲荷神の眷属《けんぞく》にして神使たる経立《ふったち》……要するに、古い狐《きつね》を祀ったものだ。今回の騒ぎの原因となった社もその一つ。祀り上げられていた過去を持つとはいえ、狐は狐。神に近い力を持つがあくまで獣で、同族と交わって子供を成すこともある。神そのものを退治するわけではない」

よく通る声での淡々とした語りが静まりかえった廃墟に響く。脈絡のない突然の解説に泉はまず戸惑い、一瞬遅れて、はっと目を丸くした。

もしかしてこの人は、神様退治に気乗りしない自分を慮《おもんぱか》って、こんな話をしてくれたのだろうか……？

「あ——あの……ありがとうございます」

「何だ、急に。感謝されるようなことはしていない」

拝音が肩越しに振り返って顔をしかめる。泉はお礼の意図を伝えようとしたが、その時、視界の隅を青白い光がよぎった。

反射的に視線を向けると、無造作に積まれた廃材の山の上に、燐光《りんこう》のような仄《ほの》かな光を纏った半透明の蝶が二、三匹、ふわふわと舞っている。昨夜、道返大社で見たのと同じものだと泉は気付き、息を呑んで立ち止まった。

「あ、あの、拝音さん……！　昨夜と同じ蝶がそこに」

「蝶？　――異蝶か？」

「はい。それです」

　こくりと首肯した直後、泉は、「異蝶は人に害を及ぼすようなことはしないから、放置しておいても問題はない」という拝音の言葉を思い出し、口を押さえた。

「……もしかして、わざわざ言わなくても良かったですか？　すみません、また私、余計なことを――」

「いや。教えてくれて助かった。異蝶は無害な怪異だが、異界の空気、ことに神気に集まる習性がある」

「しんき……？」

「神の気配だ。つまり、神として祀り上げられていたものがすぐ近くにいるということだ。なぜそんなにこの場所に固執するのかは分からんが、気配を感じたらすぐに知らせろ。いつでも対応できるよう俺は力を練っておく。いいな」

　そう言うなり拝音は軽く両脚を広げ、泉を庇うように身構えた。力を溜《た》めるためだろう、拝音が深く息を吸う。泉は慌てて拝音の後ろに隠れたが、その矢先、背中がぞくりと冷えた。

氷水を襟首から流し込まれたような悪寒に、びくん、と泉の体が震える。何とも表現しがたいこの寒気は、怪異に見られている時特有のものだが、こんなにも激しい敵意を――あるいは殺意を――向けられたのは初めてで、一瞬、泉の呼吸が止まった。

すぐ後ろにそれがいるのは分かっているのに、分かっているからこそ、恐ろしくて振り向くことができない。泉は震える手で拝音のマントを掴み、かすれた声を絞り出した。

「は、拝音さ……」

「どうした。いるのか」

「いると思います……ううん、間違いなくいます！　すぐ真後ろからこっちを見てます……！　すごく怒っていて――」

「分かった。俺の後ろに回れ」

泉のたどたどしい言葉を拝音が遮り、勢いよくマントを翻して振り返る。泉が慌ててその後ろに隠れるのと同時に、拝音が睨んだ先の暗がりに、ぽっ、ぽっ、と無数の火の玉が浮かんだ。

さらに廃材が数本ふわりと浮遊し、尖《とが》った先端部が拝音たちへと向けられる。

もはや隠す気すらないのだろう、あからさまな殺意を向けられ、拝音の額に冷や汗が滲んだ。

「……焼いた上で突き殺すつもりか。念入りなことだな」

「だ、大丈夫ですか……？」

「落ち着け。それより、相手の正確な場所と大きさを教えろ。そこにいるんだな？」

「え、ええ……。はい……！」

拝音の後ろからおずおずと顔を出し、泉は震えた声を発した。うずたかく積まれた廃材の上に、無数の火の玉を従えながら、一匹の白い獣が鎮座している。

尖った耳に尖った鼻、太く長い立派な尾。狐の特徴を備えたその獣は、目を細め、牙を剝き出しにしながら、まっすぐ拝音たちを見据えている。グルルルル……という低い唸り声に気圧されながら、泉は慌てて拝音に告げた。

「そこの廃材の山の上、火の玉の中心です……！　大きさは普通の犬より少し大きいくらいですが、白くて、尻尾はすごく大きくて太くて、あっ、今、目が光って——」

「分かった！」

妖狐《ようこ》の眼光が輝くのと同時に、拝音は印を結んで声を発した。

「無殿の神、鳴神、途上の石の下なる乱れ神の名に、山のものは山へ、川のものは川へ、是なるものを返させ給！　丑寅鬼門土方五行、肝を智拳に切って離す——御、娑訶！」

口早な詠唱が響き渡り、拝音の手から実体を持たない鋭い風が放たれる。

昨日の衝撃波のような幅の広い攻撃とは違う、錐《きり》のように絞り込まれた一撃は、一瞬の後、狐の首元を的確に貫いていた。

「コッ……」

短く擦れた悲鳴を響かせ、狐がバタリとその場に倒れる。

と、拝音たちに襲い掛かろうとしていた火の玉が一斉に消失し、宙に浮かんでいた廃材は、糸を切られた操り人形のように地面に転がった。

自分たちに向けられていた敵意が薄れていく感覚に、泉が安堵の息を吐くと、拝音は身構えたまま問いかけた。

「やったか？」

「と、思います……」

「そうか。……ああ、なるほどな」

印をほどいた拝音が目を細める。「見えるんですか」と泉に問われ、拝音は首を軽く横に振った。

「俺は神照目持ちではないからな。だが、除祓用《じょふつよう》の調伏の行に振り向けていた力を感知に回せば、様子を察することくらいはできる。上手《うま》く急所を射貫《いぬ》けたようだ」

「急所を……。そうか、だから細かったんですね。あんな術もあるなんて、私、知りませんでした」

「力を絞り込めば威力は上がるが、当たる範囲は狭くなる。普段は使っていなかったが、今はお前の神照目があるからな。よくやってくれた。礼を言う」

「え？　どっ、どういたしまして……」

率直な感謝の言葉に泉の顔が熱くなる。だが拝音は対照的に沈んだ表情のままで、無言で倒れた妖狐に歩み寄った。

急所を貫かれた狐は息も絶え絶えという様子で、その体は徐々に薄れつつある。拝音が無言で見下ろすと、瀕死《ひんし》の妖狐は軍服の陰陽師へと恨みがましい目を向けた。

「今の術……比良坂の陰陽師じゃな……？　まさか、まだ生き残っていようとは……」

老女のような声が妖狐の半開きの口から漏れる。「喋《しゃべ》った？」と泉は驚いたが、拝音は平静な態度のまま、ぴくりと眉を動かした。

「ほう。言葉を話せるのか」

「侮るでない……！　仮にも妾《わらわ》は、一度は神と祀られた身ぞ……。それが、斯様《かよう》な最期を迎えようとは……」

「許せ。お前は力を持ちすぎた」

「その力を持たせたのも、お前たち、人であろうが……！　何という身勝手な生き物よ……。この身が亡《ほろ》ぼうと、妾の恨みの念は、永劫《えいごう》に消えることはないと知れ……！」

「分かっている。だから、存分に俺を恨め。お前を殺した罰当たりで恥知らずの陰陽師――この比良坂拝音だけを、恨み抜いて死んでいけ」

徐々に消えゆく妖狐を見下ろしたまま、淡々と冷たい言葉を重ねる拝音。

退治するしかなかったとはいえ、そんな挑発するような言い方をしなくても……。

見守る泉は当惑したが、拝音は怜悧《れいり》な態度を崩すことはなく、程なくして妖狐が「比良坂拝音、覚えたぞ……！」と言い残して消失すると、ふうっ、と大きな息を吐いた。

「……すまない」

もはや聞かせる相手もいない暗がりに、拝音の謝罪の声が響く。

今になって深々と頭を下げる拝音を見て、泉はようやく拝音の意図に気が付いた。

曲利が拝音の言葉を引用して語っていたが、零落した神は凶暴な上に執念深く、本体を倒しても分霊を残していることもあるらしい。ならば、もしかして拝音は、自身以外の人間に——たとえば退治を手伝った泉に——妖狐の遺恨が向かないよう、あえて自分だけを恨むように仕向けたのではないだろうか。

だとしたら、拝音に冷たい物言いをさせてしまったのは、泉だということになる。

「あ、あの、もしかして拝音さん……」

「……後にしてくれ」

「え？」

「おそらく今回の一件も、一時の噂として片付けられるか、新聞の片隅に面白おかしく書き立てられて終わることになるだろう。だが、仮にも相手は神だった存在だ。しかも、社を失ってもなお縄張りを守ろうとしたしぶとい妖狐だ。誰かが場を清め、魂を鎮めておかないと、彼女はまた蘇りかねない。それは、俺たちにとっても、彼女にとっても、不幸なことだ」

沈痛な面持ちで言いながら、拝音はゆっくりと印を結んで目を閉じた。

その仕草はとても丁寧で、事件の再発防止のためだけでなく、拝音本人の気持ちの整理を付ける上でも大事な儀式なのだろうな……と泉は思った。

であれば、自分は邪魔をしない方が良さそうだ。

沈黙したまま複雑な印を組み替え続ける拝音を残し、泉はそっとその場を離れた。

何をするでもなく再開発区画の端まで歩いてみると、そこから道一本を挟んだ先は真新しい市街地で、立ち並んだ街灯が近代的な街並を照らしていた。

工事を妨害していた狐が退治された以上、今は廃墟のようなこの一角も、じきに、あんな風にモダンな風景に変わるのだろう。そのことに一抹の寂しさを覚えながら泉は廃材の山を見返し、そして、ふと眉をひそめた。

積み上げられた板切れの下で、小さな何かが動いたように見えたのだ。

「野良猫かな……？　それともイタチ……？」

何の気なしに屈《かが》みこみ、板切れの下を覗いた泉は「あ」と目を丸くした。

逃げ場のない狭い暗がりの奥に身を縮めていたのは、一匹の白く小さな狐だった。

大きさはせいぜい泉の握り拳ほど、体は純白で、しかもほんのり透けている。どう見ても普通の動物ではなく、先ほど退治された妖狐の同族だということは一目で分かった。子狐《こぎつね》は弱っている上に怯えているようで、くりっとした目を泉に向け、小さな体を震わせている。

——なぜそんなにこの場所に固執するのかは分からんが——。

——神に近い力を持つがあくまで獣で、同族と交わって子供を成すこともある。

拝音が口にしていた言葉を泉は思い出し、あの妖狐が居場所を守ろうとしていた本当の理由を理解した。

「そっか……。子育ての最中だったんだ……！」

退治すべき相手の同族が生き残っていたのであれば、即座に拝音に知らせるべきだ。そのことは理解していたが、怯える小さな獣の姿を目の当たりにした泉は声を上げることができず、代わりに、そっと手を差し出してしまっていた。

泉には怪異の気持ちは分からないけれど、居場所を失う不安さはよく知っている。

「——おいで」

抑えた声で呼びかけると、子狐はびくっと震えたが、すぐに目の前の人間に敵意がないことを察したのか、泉の指先へと擦り寄ってきた。

実体がないからだろう、毛並の感触は感じられなかったが、哺乳類の子供特有の柔らかい熱は確かに指先に伝わってくる。

半透明の狐の耳を撫でてやりながら、温かい、と泉は思った。

＊＊＊

鎮めの儀式を終えた拝音は、泉とともに流しのタクシーを拾って道返大社へ戻った。

車中では泉はほとんど無言だった。神社に着いて哲斎に出迎えられた泉は「着替えたら、すぐにお夕食の支度をしますので……」と急いで自室に向かおうとしたが、拝音がすかさず呼び止めた。

「待て」

「えっ⁉　な、あの、ええと……どっ、どうかされましたか……？」

青ざめて立ち止まった泉がぎこちなく振り返る。あからさまに動揺する泉を前に、拝音は腕を組んで嘆息した。

「隠しているものを出せ」

「か、か、隠しているもの……？　なん、何のことだか」

「下手な芝居は止めろ。お前、あの現場から何か連れ帰ってきただろう」

「ど――どうしてそれを……？　見えるんですか？」

「見えてはいない。相当弱い怪異なのだろう、かなり集中してようやく感知できる程度だが、お前の態度が露骨に怪しかったからな。あれで気付かない方が難しい。タクシーの中で、神だの怪異だのという話をするわけにもいかないから黙っていただけだ」

社務所兼住居の玄関口で、拝音は呆れた口調で語り、「出せ」と繰り返した。

……これはもう、観念するしかないようだ。

泉は「はい……」とうなだれ、着物の袂《たもと》から小さな白狐《びゃっこ》を取り出した。

着物にくるまれているうちに眠ってしまったようで、半透明の白い子狐は、泉の掌《てのひら》の上で体を丸めている。くうくうと寝息を立てる狐を前に、哲斎は顔をほころばせ、拝音はキッと眉根を寄せた。

「ほう！　これはまた愛らしいですなあ」

「さっきの狐の子供か。なるほど、縄張りに固執するわけだ。……それで？　一応聞くが、なぜこれを黙って連れ帰った？　この後どうするつもりだったんだ」

「そ、それはその……可哀想《かわいそう》だったので、神社の森に逃がしてあげようかと……」

「……余計なことを」

泉の言葉をばっさり遮り、拝音が印を組み始める。見覚えのあるその仕草に、泉は息を呑んだ。

「や、やっぱり、退治するんですか……？」

「当たり前だ。今日の任務は、あの再開発区画に出た怪異の撲滅。子狐といえど残すわけにはいかない。非情と詰《なじ》りたければ詰れ。これが俺の仕事だ」

自虐的に言い放ちながら拝音が力を溜めていく。その強い語調に、泉は思わず押し黙ったが、一瞬後、「あの」と口を開いていた。

拝音の言葉が正しいことはよく分かる。

そもそも、昨夜この家に来たばかりの、右も左も知らない自分がここで反論するのは生意気だということも理解できている。

でも、と、泉は胸中で自分に反論した。

今、ここはお前の家なんだ、という、今朝方拝音が掛けてくれた言葉を思い出す。

ここが自分の家ならば、少しくらいは主張したっていいはず……！

そう自身に言い聞かせながら、泉は抑えた声で続ける。

「まだ小さな子供じゃないですか……！　拝音さんが集中しないと感じられないということは、すごく弱い怪異なんでしょう？　これくらいの子は田舎でも何度か見ましたが、大した悪さもしない……できないことは、知っています」

「まだるっこしいな。何が言いたいんだ」

「は、拝音さん、今朝、言っておられましたよね？　神として祀られるものは、居場所があれば静かにしている、って……。この神社の森は広いですし、あそこに逃がしてあげれば」

「くどい」

「す、すみません……！　で、でも、あの、もう一つだけ……！　拝音さんは、本当に、そうしたいんですか……？」

「……何？」

「ほ、本当にこの子を退治したいんですか……？　だって、今の拝音さん、すごく辛《つら》そうに――」

「知ったような口を利くな！」

　ふいに拝音が声を荒らげる。その声に泉はびくっと怯えて口をつぐんだ。

　調子に乗って言い過ぎてしまった。出過ぎた真似をしてしまった……！

　そう気付いて青ざめた泉は、慌てて頭を下げようとしたが、そこに「わしからもよろしいですかな」と、落ち着いた声が割り込んだ。ずっと黙っていた哲斎だ。「何だ」と厳しい横目を向けられた哲斎は、穏やかな微笑を湛えたまま、拝音を見返した。

「奥様と同じことをお尋ねします。若は本当はどうされたいのですかな」

「どうもこうもない。お前もよく知っているだろう。帝都に残った怪異を滅するのが俺の仕事……最後の比良坂流陰陽師たる俺に、国から与えられた存在意義だ」

「よく存じております。ですが、わしが伺っているのは若のお気持ちです。ここは若の家で、今は政府の役人もおりません。素直になっていただいて良いのですよ」

哲斎が静かに語りかけると、拝音は印を結んでいた手を下ろした。無言のままの拝音に向かって、哲斎はさらに言葉を重ねる。

「若は実に優秀な陰陽師であらせられます。自らに厳しく、課せられた使命に忠実で、嘘は吐かない。どこに出しても恥ずかしくないお方です。ですが、同時にお優しいお方でもあることも、わしはよく知っております。先の任務で雪女やムジナに苦戦されたのは、あれらを倒したくなかったからでしょう？　人の都合で居場所を奪われ、追い立てられる怪異に同情してしまい、つい手が鈍ってしまった……」

「え。そうなんですか？」

「違う……！　あれは単に俺が弱かったからだ！」

泉の問いかけを拝音は即座に否定したが、拝音の悲痛な表情と声は、哲斎の言葉の正しさをはっきりと物語っていた。

ぐっと拳を握って立ち尽くす拝音に、哲斎がさらに語りかける。

「優しさは決して恥じるべきものではありませんぞ。ご婦人の目から見てもそうでしょう、奥様？」

「『ご婦人』？　『奥様』？　あ、そっか、私のことですね……。そ、そうですよ！　私も優しい方って素敵だと思いますし、その、だから、ええと——」

拝音に厳しい視線で見下ろされ、泉は語尾を濁して押し黙った。

薄暗い玄関に沈黙が満ちる中、拝音は泉の掌の上で眠る子狐を見やり、ややあって抑えた声を漏らした。

「……俺は、怪異を守ってもいいのか……？」

「えっ？」

「俺は、国に抗《あらが》ってもいいのか……？」

自問するように響いたその声は、繊細な少年のように弱々しく、この人にはこんな一面もあるんだ……と泉は思った。哲斎が嬉しそうに応じる。

「それをお決めになるのは若です」

「しかし……政府との契約では、怪異を見逃すことは認められていない」

「しらばっくれてしまえばよろしいのでは？　どうせ今の政府に怪異が見える者はおりません。万一難癖を付けられたら、知らん、いつの間にか森にいたのだと言い張ってしまえばよろしい」

「そ、そうですよ！　哲斎さんの言われる通りだと思います……！　もちろん私も口裏は合わせますし……！　東京では昔の街並や森がどんどんなくなっていて、でも、この神社の周りには古い森が残っているんですから、怪異が自然と集まってきても全然不思議じゃないですよね？　不可抗力だと言ってしまえば、曲利さんも、国の人も、文句は言えないと思いま――な、何です、拝音さん？　急にそんな、まじまじと」

「……お前。神照目以外は取り柄のないどんくさい女だと思っていたが、意外と言い訳が上手いな」

「え？　あ、ありがとうございます……？」

ふいに拝音に褒められ、泉はきょとんと戸惑った。

住み込みの使用人としての生活が長かった泉は、同じ使用人仲間がやらかしてしまった時、角が立たないような言い訳を考えることには慣れている。だがこんなものは人に誇れるような技能ではないと思っているので、せっかく褒めてもらっても素直に喜ぶのは難しい。泉はぱちぱちと目を瞬き、ややあって「あ！」と声を発した。

拝音が自分の提案を褒めてくれたということは……。

「じゃあ拝音さん、この子を助けてくださるんですか……？」

「……ああ。少なくとも今は、手に掛けることはしない。いずれ人に害を及ぼすようになったらその時は別だがな。とりあえず、森に放してやれ。この森は神気が濃いから、すぐに落ち着くはずだ」

「あ、ありがとうございます……。ありがとうございます！　良かったね……！」

かあっと胸が熱くなるのを感じながら、泉は掌の子狐に笑いかけた。小さな白狐は、自分の運命が決まったことも知らないまま、気持ち良さそうに眠りこけている。そのあどけない姿を見下ろしながら拝音が続ける。

「今後も、無害な怪異は救える範囲で保護したい。異存はないな」

「え？　え、ええ、はい……。それは勿論《もちろん》ですけど……私は別に、そこまでお願いしたわけでは」

「これはあくまで俺の考えだ。……もっとも、きっかけはお前だがな」

そう言って泉を見やる拝音の視線は見慣れた冷ややかなものだったが、なぜか泉の顔が熱くなった。泉が赤くなった顔を慌てて伏せると、拝音は「おかしな女だ」と困惑し、ふいに感慨深そうに溜息を落とした。

「どうされましたかな」と哲斎が問うと、拝音はようやくマントを脱ぎ、肩をすくめて応じた。

「新しい誰かと暮らすと……考え方が違う人間が家にいると、こういうことも起こるのか、と思っただけだ。……立ち話が長くなった。飯にしてくれ」

「かしこまりました」

「はい！　この子を森に放したら、すぐ支度します」

哲斎と泉の弾んだ声が重なって響く。その大仰な喜びように拝音は呆れ、いそいそと外に駆け出そうとする泉を「待て」と呼び止めた。

「今後、現場から怪異を連れ帰る際は、必ず俺に相談しろ。弱々しく振る舞って人の善意につけ込む危険なやつもいるからな。また、森に放した怪異が危険な兆候を見せた場合、速やかにここから追い出すか、あるいは俺が手を下す。いいな」

そう警告する拝音の口調は厳しかったが、普段と比べると迫力が薄く、険しい表情の奥には確かな安堵感が滲んでいる。

おそらく、怪異を守るという選択肢が生まれたことが――そして、その秘密を共有できる仲間ができたことが――嬉しいのだろう。

いい人だな、と泉は思い、「はい！」と首を縦に振った。

第四章　晩餐会と帰る場所

「あの……今日、裏の畑にお葱《ねぎ》を取りに行った時、あの子を見ました」

ある日の比良坂家での夕食後、泉が思い出したように口を開くと、向かいの席で白湯を飲んでいた拝音は不可解そうに眉根を寄せた。

「『あの子』というのはどの子だ。お前の話はいつも唐突で分かりにくい」

「す、すみません……。ええと、ほら、この前、お稲荷様の子狐を連れ帰って、森に放しましたよね？　確か、代々木とかいう場所の……。あの時の子です」

「ああ、あれか。……元気そうだったか？」

「はい……！　すぐ森に逃げ込んでしまいましたから、触ることはできませんでしたけど……でも、毛並もすごく綺麗で、生き生きしていました」

「そうか」

湯飲みを卓に置いた拝音が淡々と告げる。平静な態度を保ってはいるものの、内心では安堵していることが泉には分かった。

泉が比良坂家に嫁入りしてから既に半月あまり。泉はここでの生活に馴染むとともに、比良坂拝音という人間を少しずつ理解しつつあった。

　拝音はいつもそっけなくて物言いも厳しいが、弱いものたち、こと人間以外の存在に対しては、深い共感を示すことができる、優しい性格の持ち主でもある。

　どうせなら、その優しさをもう少し表に出せばいいのに。あと、人間にも、もう少し愛想よくしてくれればいいのに……。

　泉がそんなことを思っていると、給仕役として拝音の後方に控える哲斎が嬉しそうに口を挟んだ。

「あの狐の子ならわしも見ましたぞ。わしが見た時は他の怪異と一緒でしてな、すっかりあの森にも慣れた様子でした」

「へえ……！　お友達ができたなら良かったですね」

　ほっこりと笑顔で相槌を打った後、泉はふと疑問を覚えた。

「そう言えば、哲斎さんって怪異が見えるんですよね？　拝音さんにも見えないのに」

「見えなくて悪かったな」

「す、すみません！　拝音さんを馬鹿にしたわけではなくて、だから、普通の人には怪異は見えないわけでしょう……？　修行している拝音さんでも、術を使ってやっと分かるくらいなのに、哲斎さんは凄いなって思って……。私みたいな体質――神照目ではないんですよね。何か術を使ってらっしゃるんですか？」

　泉が問いかけると、拝音と哲斎はなぜか無言で目配せを交わした。短い間の後、哲斎が苦笑いを浮かべる。

「仰る通り、わしには神照目はありません。また、若のような術を使えるわけでもない。ここに置いていただいて長いとは言え、わしはあくまで下働きで、陰陽師としての修行を積んだわけではありませんからな。ただ生来、多少の第六感がありまして……故に、怪異の気配や在り方をなんとなく感じることができるのです」

「そうなんですね……。そういうのを『第六感』って言うんですか？」

「第六感とは、動物が持つ五つの感覚以外の特殊な感覚を指す俗称だ。最近流行の心霊学で言うところの『霊感』といった方が分かりやすいか？」

泉の疑問に拝音が答えてくれたが、「最近流行の」と言われても、流行に疎い泉にはピンとこない。「心霊学？」と泉が首を傾げると、拝音は億劫《おっくう》そうに言葉を重ねた。

「心霊学は、明治の中頃からヨーロッパで起こった胡散臭い学問だ。あの世と繋《つな》がって霊と対話をする方法を研究するという触れ込みで、日本でも、一部の学者や暇な貴族連中の間で流行《はや》っているらしい」

「へえ……」

郷里の島根にも「神様や死霊と話ができる」と自称する老人が村はずれのお堂に住み着き、住民の相談を受けたりしていたが、それと似たようなものだろうか。

そんなものが流行るなんて、東京も意外と迷信深いんだな……と泉が思っていると、なぜか拝音は大きく眉をひそめ、さらに言葉を重ねた。

「あの世のことを心霊学では『霊界』とか呼んでいるそうだが、要するに、黄泉の国であり冥界だ。地獄、あの世、幽世《かくりよ》と言ってもいい。そんなところに興味本位で触れるなど、怖いもの知らずの馬鹿の所業としか言えん。伊弉諾尊が黄泉を訪ねる話は知っているな？」

「それはもちろん存じていますが……私の旧姓の由来かもしれない話ですし」

さらに言えば、道返大社の社号や比良坂という苗字もまた同じ神話に由来することも知っているが、でも、なぜ急にその話を……？

疑問を覚えた泉だったが、それを尋ねるより先に、拝音は顔をしかめたまま続けた。

「亡くなった妻である伊邪那美を黄泉の国から連れ戻そうとした伊弉諾は、その妻自身に拒まれ、襲われ、逃げ帰る羽目になり、さらに現世《うつしよ》全体に対して呪いをかけられる。冥界下りの神話は、本邦だけでなく世界中に伝わっているが、いずれも失敗に終わっている」

「世界中に？　そうなんですか？」

「嘘を言ってどうする。あの世から誰かを連れ出すことは禁忌中の禁忌であり、それに手を出した者は、神であれ英雄であれ、必ず報いを受けることになるんだ。素人の降霊術でそれが叶《かな》うとは思わないが、心霊学はなまじ蓄積された知識や技術を踏まえているからたちが悪い。実際、おかしなものを呼び出しかけたという話も聞く。命が惜しいなら、関わらないことだ」

「はあ……」

流暢な解説に相槌を打ちつつ、泉はようやく拝音が急に機嫌を損ねた理由を理解した。泉の反応を見て、心霊学に興味を持ったと勘違いしたようだ。

泉が「関わるつもりはありません」と言い足すと、拝音は自分の早合点《はやがてん》に気付いたのか、軽く目を細め、どこか恥ずかしそうに「ならいい」とぼそりと言った。


食事の後、泉は食器を抱えて洗い場に向かった。

この家でしばらく過ごすうちに、洗濯や風呂は哲斎、掃除や洗い物は泉、料理は二人で、という図式がいつの間にか出来上がっていた。

一人で皿を洗いながら、泉はさっき聞いたばかりの話を回想し、改めて哲斎のことを考えた。

上京以来、「陰陽師」という聞き慣れない職業や、氏子もいなくて怪異が住まう道返大社等々、驚くべきことがいくつもあったのであまり気にしていなかったが、考えてみれば哲斎も謎の多い人物だ。

いたって気さくな性格で、拝音や神社のことを尋ねると素直に教えてくれるのだが、反面、自分のことはまるで話さない。家事をしながら泉が地元の話をした時、哲斎の生まれを尋ねたこともあるのだが、はぐらかされてしまってそれっきりだ。

ふいに姿を消したり、ひょっこり出てきたりと神出鬼没な面もあるし、自室で食べていると言ってはいるものの、飲食しているところも見たことがない。あの人のことを自分は何も知らないのだな、と泉は今更のように痛感した。

嫁入りの日以来、拝音の寝室に二組の布団を敷いて寝る習慣は未《いま》だに続いていた。二組の布団の間には二、三尺ほどの距離があり、拝音から同衾を求められたことは一度もない。夫婦というより兄妹《きょうだい》のようだと泉は常々思っていた。

その日の夜、布団に入った泉が「哲斎さんって、いつからここにいらっしゃるんですか？」と尋ねると、枕元の行灯の灯りで読書中だった拝音は、本から顔を上げることなく即答した。

「俺の生まれる前からだ」

「じゃあ私の大先輩なんですね……。ご出身は？　東京の方なんですか？」

「なぜ俺に聞く。本人に聞けばいいだろう」

「いえ、その……。尋ねたことはあるんですが、教えてくださらなかったので」

「なら言いたくない理由があるんだろう。他人に関心を持つのも想像するのもお前の勝手だが、相手の事情も汲《く》んでやれ」

「は、はい……。すみません。あの」

「消すぞ」

泉に話を続けさせたくなかったのか、拝音は本を閉じ、行灯の灯を吹き消した。

ふっ、と短い呼気が響き、あたりが闇に包まれる。

静かな暗がりの中、泉は哲斎の過去に思いを馳《は》せようとしたが、いつものようにすぐに眠りに落ちてしまった。

＊＊＊

翌日、泉が日課となった参道の掃除をしていると、曲利が顔を見せた。

「今日は忙しいからすぐ帰らなあかんねん。宮仕えは辛いわ」と苦笑しながら現れた曲利は、お勤め中だった拝音を拝殿の前に呼び出し、白い封書を手渡した。

「はい、確かに渡したで。ほな、後はよろしく」

「これだけのためにわざわざ来たのか……？　郵送すれば済む話だろうが」

「それで済むならそうするけどな。拝音、嫌な手紙は見なかったふりするやないか。『知らん』とか『届いていなかった』とか、しれっと言うし」

曲利に呆れた顔を向けられ、神職姿の拝音が無言でスッと目を逸らす。

立ち会っていた泉は、この人、そういう大人げないこともするんだ……と少し驚いた。

バツが悪くなったのか、拝音は手渡された封書を無言で開いたが、一瞥《いちべつ》するなりキッと眉尻を吊り上げた。よほど嫌なことが書いてあったらしい。どんな無慈悲な命令が来たのかと拝音を案じる泉だったが、曲利はけろりとした顔で笑った。

「そういうことやさかい、頼んだで。ほな僕は今日はこれで失礼いたします。泉ちゃん、またね」

「は、はい……。ええと、ありがとうございました」

足取り軽く帰っていく曲利を見送った後、泉はおずおずと拝音を見上げた。

「また怪異退治のお仕事ですか……？　陰陽師って、本当に大変なんですね」

「違う」

「私にできることがあれば——え。違うんですか？」

「違うと言っただろう。こいつはいつもの怪異退治の命令とは違う。晩餐会《ばんさん》の招待状だ。明日の夜、なんとかという将校の家でお歴々を招いたパーティーがあるのでお前も顔を出せというお達しで、字面の上では招待とあるが、平たく言えば命令だ」

心底うんざりした顔になる拝音だったが、対照的に泉は目を輝かせていた。

都会の上流階級では「パーティー」と呼ばれる華々しい催しが開催されていることは、

田舎にいた頃に見た錦絵や新聞を通じて知ってはいたが、関わったことはもちろんないし、実際にそこに招待される人を見るのも初めてだ。

「パーティーって、あの、あれですよね……？　綺麗に着飾った男女が鹿鳴館《ろくめいかん》に集まって、豪勢な食事が並んでいる中で夜通し踊る」

「盆踊りじゃないんだぞ。場所も鹿鳴館に限らないし、実際、今回の場所も違うが……まあ要するに大体それだ」

　正確に説明するのも面倒なのだろう、拝音はぞんざいに解説を打ち切り、大きな溜息を落とした。「そんな嫌なんですか」と泉が問うと、拝音はやれやれと頭を振った。

「嫌というより面倒なんだ。陸軍近衛師団付の特任顧問というのはなまじ高い階級だから、こういうところにも呼ばれてしまう。もっと低い階級にしてくれと何度も言ったんだが……」

「偉くしないでくれってお願いしたんですか？　珍しいですね……。でも、パーティーって、ご飯は美味《おい》しいんでしょう？」

「お前も知っているだろう。俺は仕事柄、酒は飲めないし肉も駄目だ。素面《しらふ》のまま、酒の回った将校や役人の話に延々合わせなければならないんだぞ。苦痛でしかない」

「な、なるほど……。それは大変そうですね……。お疲れ様です」

「他人事《ひとごと》のように言うな。お前も参加するんだぞ」

同情を示した泉に拝音が冷ややかな目を向ける。意外な一言を受け、泉は「えっ？」と目を丸くした。

からかっているのかとも思ったが、泉の知る限り、拝音は冗談を言うような人間ではない。「どうして私が」と狼狽《ろうばい》する泉に、拝音が招待状を突きつける。

「読めるな？　ここに、奥方ともども、とあるだろう。嫁の披露も兼ねて参加せよ、ということだ。俺くらいの階級の軍人だと、祝言の際に普通は大々的な結婚式をやるものだが、俺は誰も呼ばなかったからな」

「私自身、あれが祝言だったって気付かなかったくらいですからね……。だから私も呼ばれているということですか？」

「そういうことだ。心づもりをしておけ」

「無理です……！」

即答する泉の声は震えていた。

東京生まれの東京住まいな上、仮にも将校階級である拝音と違って、山陰の田舎で住み込み奉公をして暮らしていた泉は、そういう場での振る舞い方を何も知らない。自分一人が恥をかくだけならまだしも、夫の拝音まで笑いものになるのだけは、どうしても避けたい……！

と、そんな思いを込めて泉は必死に首を横に振ったのだが、拝音はそれを受け流し、冷淡な表情のまま続けた。

「立食パーティーの作法は俺が教えるとして、問題は服装だ。お前、ドレスの類は持って――いないだろうな。その顔を見れば分かる」

「は、はい……。そもそも、洋服を着たこともありません……。すみません」

「別に謝ることじゃない。なければ着物でいいんだが、礼装はあるか？　と言うか、お前がうちに来て以来、三枚の着物と三本の帯を着回しているところしか見ていないが、それ以外のものは持っているのか？」

目を細めた拝音が泉を見下ろす。

この、いたって不愛想で、陰陽師と神主の仕事以外にしか関心のなさそうな夫が、妻の衣服を把握していたことに泉は驚き、顔を伏せて小声を漏らした。

「……ないです。すみません……」

「だからいちいち謝るな。お前の服を買い足しておかなかったのは俺の落ち度だが、今から仕立てても間に合うまい。とりあえず明日のところは、お前の部屋の箪笥のものから見繕え。女物が入っているだろう」

「箪笥ですか……？」

泉にあてがわれた部屋の一角には確かに古くて立派な箪笥が鎮座しているが、泉の着替えは小さな柳行李《やなぎごうり》に収まる枚数しかないので、箪笥は使っていないし、中を確かめたこともなかった。

　そのことを泉がたどたどしい口調で説明すると、拝音は呆れた様子で溜息を漏らし、

「なら、今から合わせるぞ」と告げて社務所に向かった。慌てて後に続いた泉に、拝音が肩越しに振り返って問いかける。

「お前、着付けや化粧はできるのか？」

「い、一応は……。髪結いで働いていたことがありますので」

「そうか。助かった。俺はそっちはからっきしだからな」

「ど、どういたしまして……。それで、ええと……あの、こんなことを聞いていいのか分からないんですが……」

「何だ」

「簞笥の着物って、あの部屋を前に使われていた方のもの……ですよね？」

「……ああ」

　わずかな間を挟んだ後、沈痛な面持ちで拝音が首肯する。さらに泉がおずおずと「勝手に使わせていただいていいんですか？」と尋ねると、拝音は顔をしかめ、辛そうに眉間を寄せた。

「問題ない。この家はもうお前の家で、お前は比良坂家の一員だ。自宅にある服を着て何が悪い」

「で、でも――」

「気にするなと言っている。……あの部屋を使っていた人はもう、二度と戻ってくることはないんだ」

泉だけでなく自分自身にも言い聞かせるように、拝音が険しい口調で言い放つ。

その痛々しい物言いに泉は思わず押し黙り、母親か、あるいは姉か妹かは分からないが、あの部屋を使っていた女性はもうこの世にはいないということと、拝音はその女性を慕っていたらしいということを、今、はっきりと理解した。

＊＊＊

翌日の夜、将校用の儀礼服を纏った拝音に伴われ、泉はパーティーの会場に足を踏み入れた。

体にぴったりした儀礼服は手足の長い拝音にはよく似合っており、態度も落ち着いたものだったが、隣に並んだ泉は対照的に青ざめており、その体は小刻みに震えていた。

露骨に怯える泉を拝音が睨んで小声で告げる。

「落ち着け。目立たない範囲で堂々としていろと言ったろう」

「は、はい……」

おずおずとうなずいた泉は「それが一番難しいんです……！」と心の中だけで反論しつつ、会場であるホールを見回した。

豪奢《ごうしゃ》な電灯が明々と照らす会場では、いかにも金持ちそうな着飾った男女がそこかしこで談笑し、綺麗な布が敷かれた長机には、泉の見たこともない色とりどりの料理や酒が並んでいる。

どこを見ても、これまでの泉の人生には縁のなかったものばかりで、そんな場で「目立たないように過ごせ」と言われても難しい。

「拝音さん、この着物、おかしくないでしょうか……？」

「しつこいぞ。大体、それを選んだのはお前だろうが」

拝音が冷たく言い放つ。

そうですけど、と泉は小声で応じ、改めて自分の服装を——涼やかな黄緑色の生地に梅と鶴を描いた訪問着を纏い、水色の帯を締めた姿を——見下ろした。

泉の部屋の前の住人はどうやら華やかな柄や色を好む性格だったようで、箪笥に残されていたのは華美なものばかりだった。

泉はその中からなるべく落ち着いたものを選んだのだが、粗末な古着しか着慣れていない泉にとっては、結い上げた髪に挿した簪《かんざし》や化粧も含めて、「自分にはこんな出で立ちは似合わない」「似合うはずがない！」という思いはやはり根強い。

怯えたように身を縮める泉に、拝音はまだ何か言おうとしたが、そこに明るい声が投げかけられた。

「これはこれは！　先触屋さん……もとい、陸軍近衛師団付特任顧問閣下ではありませんか！　社交界で『幻の美丈夫』『見えない麗君』とも呼ばれる閣下とこんなところでお会いできるとは、何たる僥倖《ぎょうこう》でございましょうや！」

おそろしく芝居がかった、聞き覚えのある声が会場に響く。

拝音と泉が揃って振り返ると、礼服を着こなした曲利がニヤニヤと笑みを浮かべていた。その周りには、招待客の奥方か令嬢と思《おぼ》しき若い女性が五、六人、取り巻きのように付き添っている。豪奢に着飾った女性たちはいずれも頬を染めて拝音を眺めていたが、拝音はそれらの視線を無視し、「何が僥倖だ」と曲利を睨んだ。

「お前が呼び出しておいて抜け抜けと」

「まあまあそう言いなさんな。しかし、来てくれておおきにな。これで僕の顔も立つわ。あ、泉ちゃんも似合っとるで」

「あ、ありがとうございます……。曲利さんもよくお似合いだと思います……。それで、あの、『幻の美丈夫』というのは……？」

「拝音の仇名《あだな》やがな。こいつ、態度はともかく見てくれだけは悪うないのに、こういう場所にろくに顔を出さへんさかい、上流階級の御婦人方の間で噂になっとんねん。曰く、比良坂閣下のお顔は菩薩《ぼさつ》のように光ってるとか、足の長さが胴の二倍はあるとか、見ただけで寿命が延びるとか」

「俺は珍獣か何かか」

「まあ扱いとしては近いわな。さあさあ、お集まりのお嬢様がた、こちらが噂の比良坂拝音大閣下ですわ。今のうちにしっかり仰望しときなはれ」

「はい！　お噂通り、本当に麗しいお顔立ち……」

「ええ……まるで陶製のお人形のよう」

曲利に促された女性陣が、拝音にうっとりとした眼差《まなざ》しを向ける。

実際、拝音の顔立ちは端整なので、女性たちの気持ちは分かる。また、理由はどうあれ、拝音を好いてくれる人たちがいるという事実は、同居人としてもありがたかった。嫌われるよりはよほどいい。

ほっこりと共感し感謝する泉だったが、そんな時、女性陣の一人が、拝音の斜め後ろに付き従う地味な娘に――泉に――気付き、不審そうに眉根を寄せた。

「失礼ですが、比良坂閣下の後ろにおられる貴女《あなた》はどういう……？　閣下お付きの使用人でいらしゃいますか？」

「わ、私ですか？　え、ええ……まあ、そのような者で――」

「妻です」

とっさに取り繕おうとした泉だったが、そこにすかさず拝音が口を挟んだ。その堂々とした断言に、女性陣が揃って絶句する。

「え」

「ひ——比良坂様、ご結婚なさっておられたのですか……？」

「私も初耳ですわ……！」

「同じく——あ、ええと、おめでとうございます……！　しかし——」

「ええ……。どうして——」

言い辛そうに語尾を濁した女性たちが、怪訝な顔を泉に向ける。

明言こそしていないが、「お前の結婚相手として、いくら何でもこれはないのではないか」と思われていることは明らかで、泉はいたたまれなくなった。

いくらお仕着せの華やかな着物を纏ってみても、泉がこういうパーティーに出入りするような人間に見えないことは、自分が一番よく分かっている。

思わず謝りそうになる泉だったが、それより一瞬早く拝音が口を開いていた。

「妻はこういった場にこそ慣れていませんが、素晴らしい資質の持ち主です。私は彼女と巡り会えたことを感謝しています。皆様への紹介が遅れたことはお詫びいたしますが、今後は、妻ともども、お見知りおきいただければ幸いです」

礼儀正しく、かつ堂々とした声を響かせた後、拝音が深く一礼する。

夫である拝音にそう言われてしまうと反論しようもないのだろう、糾弾するような視線で泉を見据えていた女性たちは一様に口をつぐみ、バツが悪そうに顔を見合わせた。


女性陣と曲利がその場を立ち去ると、泉は拝音にそっと向き直った。自分の顔が熱くなっているのを自覚しながら、おずおずと口を開く。

「あ、あの……ありがとうございました」

「礼を言われるようなことでもない。誤解を招きたくなかっただけだ。お前もお前だ。使用人呼ばわりされて認めるやつがあるか」

「す、すみません……！　それと、あの……」

「何だ」

「い、いえ……。ただ、あの、私のこと、『妻』って呼んでくださったの、初めてだなって思って……。いつも、『あいつ』か『お前』だったのに」

普段以上にか細い声で泉が言うと、拝音は虚を衝《つ》かれたように目を細めた。泉の指摘で初めてそのことに気付いたらしい。

「……なら、どう呼べというんだ」

目を逸らした拝音が口早に反論したが、色白の頬は薄赤く染まっている。

……この人、こんな風に照れるんだ。

新鮮な反応に泉が驚いていると、拝音は泉を会場の隅に連れていき、「いいか」と険しい声を発した。

「適当に相手に合わせておけとも言ったが、取り繕って適当なことを言わないように気を付けろ。後々面倒なことになりかねない。まあ、曲利やあいつの取り巻きなんかはどうでもいいし、どうとでもなるが」

「その言い方はちょっと酷《ひど》くないですか……？」

「事実だから問題ない。それより、こういうパーティーしか楽しみがないようなお偉方には、女癖の悪い奴も趣味が悪い奴もいる。くれぐれも俺から離れないように――」

「おお！　そこにおるのは拝音ではないか！　お前さんも来ておったのか！」

拝音の長々とした説教に、しわがれた大きな声が割り込んだ。

よう、と豪快に手を振りながら歩み寄ってきたのは、黒の紋付姿の老人だった。長い白髪を後ろで縛り、皺深い顔に親しげな笑みを浮かべ、ビールの注がれたグラスを持っている。矍鑠《かくしゃく》としたその老人を見るなり、拝音はまっすぐ背筋を伸ばした。

「これは先生、ご無沙汰しております」

拝音が深々と頭を下げる。曲利を相手にした時とはまるで違う礼儀正しさに泉が驚いていると、拝音は泉に振り返り、「帝国大学の丑角《うしかど》先生だ」と老人を紹介した。

「先生は宗教学と歴史学の権威で、道返大社を存続させるべく骨を折ってくださった大恩人だ。俺が軍属になる時も随分お世話になった。お前からも礼を言っておけ」

「は、はい……！　ええと、その節は大変お世話に……」

「構わん構わん。政府の馬鹿どもは、あの神社の重要性をまるで分かっておらんからなあ。道返大社をあのまま残すため随分汚い手も使ったが、これも世のため人のため、じゃよ。で、お前さんは誰じゃ？　どこかで会ったことがあったかな？」

「いっ、いいえ……。お初にお目にかかります……。比良坂泉と申します」

「『比良坂』？　ということは拝音」

「……はい。俺の妻です」

先ほど泉に指摘されたので「妻」という言葉を口にするのが恥ずかしいのか、うなずく拝音の頬は再びほんのり紅潮しており、声も若干小さかった。それを聞くなり丑角老人が「ほう！」と目を丸くする。

「お前さん、嫁を取っておったのか！　それは知らんかった！　泉さんと言ったか、拝音はこの通りの偏屈じゃがな、悪人ではないからな。よろしくお願いしますぞ」

「は、はい……！　こちらこそ、よろしくお願いいたします……」

泉が深く頭を下げると、丑角は「うむ！」と嬉しそうにうなずいたが、なぜかすぐに神妙な顔になり、拝音を手招きした。顔を寄せた拝音の耳元で丑角が告げる。

「……拝音。今、ちょっといいか」

「構いませんが、何か」

「うむ。折を見て伝えようと思っておったがな、ここで会えたなら丁度良い。ほれ、例の『百怪祭《ひゃっけさい》』のことだ」

　ヒャッケサイ。

　その、泉には聞き慣れない言葉を丑角が口にした瞬間、拝音の様子が一変した。

　危険な怪異と相対した時のように——いや、それ以上に険しい表情になった拝音は、泉に向き直って口を開いた。

「少し先生と話してくる。待っていろ」

「え？　え、ええ、それは構いませんけれど……でも拝音さん、さっき、俺から離れないようにって」

「事情が変わった。後で合流するから会場にいろ」

　有無を言わせない口調でそう指示されると、泉としては「分かりました」とうなずかざるを得ない。泉が二人に頭を下げてその場を離れると、拝音は丑角と額を突き合わせ、ひそひそと言葉を交わし始めた。

　泉にも聞かせられない話題のようで、その中身も気になったが、今の泉にとっては、パーティー会場に一人で放り出されてしまった……という不安感の方が大きかった。

「え、ええと……」

泉は所在なさげにあたりを見回した。

着飾った男女がそこかしこで談笑を交わしているが、曲利くらいしか知人の居ない泉には会話に加わることができなかった。話の輪に入ったところで何を話していいのかも分からない。

とりあえず、目立たないようにしないと……！

自分にそう言い聞かせた泉は、会場の一角、料理や酒の並んだ机のあたりに移動した。

机の前では、洋風の給仕服姿の若い女性が、湯気を立てる料理を慌ただしく並べていた。隣の机では黒服の男性がグラスに葡萄酒《ぶどうしゅ》を注いでいたが、その動きには焦りが感じられる。どうも手が足りていないようだ。

改めて会場を見回した泉は、パーティーの規模に比して、給仕役の人数が少ないことに気が付いた。

「お忙しそうですね……」

思わず泉が声を掛けると、泉より少し年上らしい女給はきょとんと顔を上げたが、泉の庶民的な佇まいに親近感を覚えたのか、「本当に」と苦笑いを返してくれた。

「普段は、もっと楽なんですよ？　うちのご主人、こういうパーティーがお好きですから、みんな慣れていますし。……ただ、さすがにこの人数ではね」

「ですよね……。私も料亭で働いていたことがあるので、少し分かります。人が減らされてしまったんですか？」

「そういうわけじゃないんですけど、体調を壊す女の子が多くてね。前の日は元気だったのに、いきなり起き上がれないほど弱っちゃう子が次々と……。たちの悪い風邪かしらねえ——って、こんなこと、お客様に言ったなんて言わないでくださいね？」

「は、はい、もちろんです……！　よろしければ、お手伝いしましょうか？」

「え⁉　と——とんでもない……！　お客様にそんなことさせたって知れたら、それこそ首になっちゃいますよ！」

驚いた女給は慌てて首を横に振り、「どうぞ、ごゆっくりお過ごしくださいませ」と頭を下げてから立ち去った。

取り残された泉の胸中に一抹の寂しさがよぎった。自分はずっと使用人側の人間だったし、今もそのつもりだったのだが、いつの間にか、そうではない側に来てしまっていたようだ。

そう自覚した泉は一人溜息を吐き、こそこそと会場隅の薄暗い一角に移動した。

それからしばらく、泉は何をするでもなく、ただぼんやりと壁際に佇んでいたが、ふと、自分に呼びかける声に気付いて顔を上げた。

いつからそこにいたのか、泉の目の前に、パーティーの招待客らしき男性が一人、微笑を湛えて立っていた。

年の頃は三十代半ば、背は泉より頭二つ分ほど高く、短い口髭《くちひげ》を生やしている。皺一つない礼服や、グラスを持つ手に光る大ぶりな指輪からしておそらく華族階級、それも相当な資産家のようだ。顔立ちは整ってはいたが、相手を見下し、品評するような目つきは泉に警戒心を抱かせた。

「す、すみません……。私、ぼーっとしてしまっていて」

「いやいや、お疲れのところを驚かせてしまったなら申し訳ございません。お美しいお嬢様がお一人で寂しそうにしておられたので、つい、気になってしまいましてな」

「……『お嬢様』？　わ、私のことですか……？」

「他に誰がおられましょうか。ああ、『奥様』とお呼びした方が適切でしたかな？」

「え、ええ、はい……。あの」

「どちらにせよ、せっかくの宴席なのに、見目麗しいご婦人が壁の花とはあまりにもったいない話。この綾岸《あやぎし》でよろしければ、今宵《こよい》のお相手を務めさせていただければ幸甚です。葡萄酒は白か赤、どちらがお好みで？」

普段から言い慣れているのだろう、綾岸と名乗った男は流暢に言葉を紡ぎつつ泉との距離を詰めてくる。その言動に泉は面食らい、眉をひそめ、ややあって、自分が口説かれていることに気付いた。

女癖の悪い奴もいるから気を付けろと拝音は言っていたが、まさか自分のような女に近づいてくる男性がいるとは思っておらず、泉は戸惑った。

「え、ええと、あの、私は……」

「どうされました？　ああ、ここでは恥ずかしいと仰るならば、いっそ外に出る手もありますぞ。二人きりのアバンチュールというのもまた乙なものです」

「二人きり!?　そんな、ええと、その、滅相もございませんが……」

綾岸の誘いに応じる気はなかったが、華族を怒らせてしまうと拝音に迷惑を掛けることにもなりかねない。困り果てた泉は必死に視線を泳がせながら言葉を濁したが、綾岸はその様子が面白かったようで、「おやおや」と楽しげに口角を上げた。

「何という初心《うぶ》なご反応！　こういう場にお越しのご婦人には珍しいですが、実に愛らしい！　是非とも色々教えてさしあげたくなりました。できればパーティーの後も」

「後も!?　えっ、ええと、あの、私、終わったら帰らないと」

「少しくらいよろしいでしょう。それとも、必ず戻らなければならないご事情が？」

「え？　いえ、特にそういうわけではないのですが、ただ、その……」

「うちの妻が何か？」

泉の不明瞭な弁解に、よく通る声が被さった。

綾岸と泉が反射的に声の方向に視線を向ける。二人に見つめられた声の主——拝音は、憮然《ぶぜん》とした顔のまま、つかつかと綾岸に歩み寄った。

「綾岸伯爵閣下とお見受けしますが、うちの妻が何か粗相をいたしましたか？」

泉を庇うように二人の間に割り込み、拝音が綾岸に問いかける。自分よりも背の高い拝音に見下ろされた綾岸は、半歩後退しながら問い返した。

「君は確か、比良坂特任顧問……。このご婦人は君の奥方だったのかね」

「いかにも。妻は先日上京したばかりで、社交界にも不慣れなのです。失礼があったならば、代わって私がお詫び申し上げます」

拝音の言葉はあくまで慇懃《いんぎん》だったが、口調に反して表情や声質は険しい。気圧された綾岸はさらに数歩後退し、取り繕うような苦笑いを浮かべてみせた。

「いや、私はただ奥様に御挨拶をね……。では失敬」

適当な言葉を残し、綾岸がそそくさとその場を後にする。

その姿を見送った後、泉が拝音を見上げると、拝音も泉を見返し、まったく、と言いたげに嘆息した。

家でも見慣れたその仕草を見た途端、泉の胸に安堵感が湧き上がる。泉はほっと胸を撫で下ろし、拝音に深々と頭を下げた。

「あ、ありがとうございました……！　私、どうしていいか分からなくて……」

「ああいう時ははっきり断っても問題ない。無難に受け流そうとして下手に言質を取られた方がよほど面倒だ」

「は、はい……。でも、ああいう身分の高い方を怒らせたら、拝音さんに迷惑が掛かりませんか？」

「そんなことを気にしていたのか？　俺も俺の家も元々軽んじられているから、今更多少睨まれたところで大して変わらん。――それよりお前、何か気付かなかったか」

ふいに拝音が話題を変えた。何のことだか分からない泉が首を傾げると、拝音はふいに泉に顔を寄せ、抑えた声を発した。

「神照目は何も反応しなかったかと聞いているんだ」

拝音の吐息が耳朶《じだ》に触れる。至近距離から響く声に泉は思わずびくりと反応し、次いで、「神照目が……？」と眉根を寄せた。

「い、いいえ、何も……。あの、それって、この会場に怪異がいるということですか」

「いないのか」

「はい、そう思いますけど……。そんな気配はまるで感じませんし……」

語尾を濁しつつ泉は会場を見回した。

そもそも泉の知る限り、怪異は電灯の光や大勢で賑わう場所を嫌う。なのでこんなところにいるとは思えないし、実際、それらしいものは何も見当たらないのだが、拝音はなぜ急にそんなことを聞いたのだろう……？

首を傾げた泉が見上げた先で、神妙な顔の拝音は「気のせいか？」「いやしかし」「だとしたら……」などとつぶやいていたが、ややあって泉を見返した。

「お前に一つ頼みたい」

「な、何でしょう？　私にできることなら……」

「難しいことじゃない。さっきの男——綾岸伯爵を誘惑しろ」

「は、はい、分かりま——ええーっ⁉」

反射的にうなずきかけた直後、泉は思わず大きな声を発していた。

突然会場に響き渡った大声に、談笑していた男女が一斉に振り返る。不審そうな顔の招待客たちに睨まれた拝音は、「何でもありません」と仕草だけで示し、泉にキッと向き直った。

「いきなり叫ぶ奴があるか。今のは当分語り草にされるぞ」

「すみません……！　つい、びっくりしてしまって……。で、でも……あの、拝音さんがどう思ってらっしゃるのかは分かりませんが、私、そういう、ふしだらな女ではない……つもりです」

「……何？」

「つ、美人局《つつもたせ》って言うんでしたっけ……？　私、ああいうの、あんまり良くないと思うんです……！　それに、あの、綾岸さんのあの感じ、こんなことを言うと失礼だし、怒られてしまうと思うんですけど、どちらかと言うと苦手な」

「落ち着け」

泉の口早な弁解を、拝音の呆れた声が遮った。思わず押し黙った泉を前にした拝音は、やれやれと頭を振り、失望した声で言い足した。

「……つまり、あれか？　お前は俺のことを、妻に美人局を命じるような男だと思っているわけか？」

「い、いいえ、違います……！　思っていなかったからこそ驚いたんですが……ええと、違うんですか？」

「断じて違う。……まあ、順を追って説明しなかった俺が悪い」

拝音はそう言って再び溜息を落とし、泉の耳元に口を寄せて話し始めた。

＊＊＊

その少し後、泉は単身で綾岸に近づき、拝音の無礼を丁寧に詫びた。

綾岸は、また拝音が現れないか警戒しているようだったが、泉が実は先の誘いに応じるつもりがあることをほのめかすと、途端に好色そうな笑みを浮かべた。

さらに泉は綾岸を会場の外へ連れ出し、広い庭園の一角、外灯の光の届かない暗がりで足を止めた。怯えた様子の泉が綾岸を見上げ、おずおずと尋ねる。

「さ、先ほど、『色々教えてあげたい』と仰いましたよね……？　私、それが気になって……な、何を教えてくださるのですか……？」

泉の言葉はほぼ棒読みのぎこちないものだったが、綾岸はその不自然さに気付いていないのか、あるいは意に介していないのか、嬉しそうにほくそ笑んだ。

「並の人間には至れない境地、とでも申しましょうか。大丈夫、すぐ済みますよ。奥様はただ、そこでじっとしていてくだされば良いのです」

綾岸が大きく両手を広げ、嬉しそうに泉に近づく。泉は思わずギュッと目を閉じたが、綾岸の指先が泉に触れそうになった瞬間、短いうめき声が響いた。

「がっ」

意味を成さない声とともに、綾岸の体がびくんと震え、硬直する。

同時に、庭園の奥の暗闇の中から抑えた声が投げかけられた。

「即席の結界と符だが、効果はあったようだな。その結界に引っ掛かったということは——やはり、そういうことか」

神妙な声と共に現れたのは、将校服を身に着けた色白で長身の青年——拝音だった。

右手は奇妙な印を結んでおり、左手には文字とも紋様ともつかないものが記された紙片を掲げている。泉が慌てて拝音に駆け寄ると、拝音は視線を向けることもなく「よくやった」とだけ労《ねぎら》い、綾岸に向けた目を細めた。

「この結界も符も、人間に対しては効果はない。正体見たり、だな」

「貴様……！　謀ったな！」

泉を抱きすくめようとした姿勢のまま、綾岸が吼える。その剣幕に泉はびくんと怯え、拝音の後ろに隠れたまま問いかけた。

「ど、どういうことです？　この方、怪異なんですか……？」

「だったらお前が気付いているだろう。こいつは、『マレビト』だ」

「ま、まれびと……？　何です、それ」

「知らないのも無理はあるまい。比良坂流の用語だからな。マレビトとは、この世とは異なる鬼神の世界――幽世に住まうもの。こいつらは現世では姿を保てないため、人に憑依《ひょうい》して活動する。その全てが危険というわけではないが、中には悪質なやつもいる。知能が高い上、一見普通の人間と変わらないため、そこらの怪異より厄介だ」

印を結び、符を構えたまま、淡々と拝音が言葉を重ねる。

マレビトという言葉こそ泉にとっては初耳だったが、神様のようなものが住まう異界については、子供の頃に母から聞いたことがあった。その幽世から来たものを、拝音の流派ではマレビトと呼んでいるようだ。

「つまり、それが、綾岸さんに取り憑《つ》いている……？」

「そういうことだ。マレビトの習性や行動原理は個体によって異なるが、こいつは女の精気を好んで吸うようだな」

「女の……。あっ！」

ついさっき、パーティー会場で、女給がよく体調を崩すという話を聞いたことを泉はふいに思い出した。そのことを泉が話すと、拝音は、ふむ、と首肯した。

「パーティーに顔を出しては適当な女を見繕い、精気を吸っていたわけか」

「な、なるほど……。でも、幽世のものが、どうしてこっちの世界に？」

「招かれたんだろう。一部の貴族の間で心霊学が流行っていると話したことを覚えているか？　この綾岸伯爵も、それにかぶれた貴族の一人だ。おそらく適当な降霊術を試したところ、マレビトを呼び出してしまい、体を乗っ取られたんだろう。愚かしい話だ……と言っても、当人には聞こえてはいまいがな」

「なぜ気付いた……!?　偽装は完璧だったはずだ！」

静止した状態でぶるぶると震えながら、綾岸――マレビトが問いかける。確かに、と泉は思ったが、拝音は事もなげに溜息を洩《も》らした。

「これでも一応、社交界の人間の人となりは一通り頭に入れている。俺の知る綾岸伯爵は奥手な学者肌の人物で、自分から女に声を掛けるような性格ではなかったはずだ。ならば中身だけが入れ替わっている可能性を考慮するのは陰陽師として当然のこと。ともあれ、年貢の納め時だな」

「貴様……我を滅するつもりか⁉　我は神ぞ！　この国の記紀に語られる、天津神《あまつかみ》の一柱ぞ！」

取り繕う必要がなくなったからか、あるいは余裕を失ったためか、綾岸の口調や声質がガラリと変わる。尊大ぶった発言を受け、泉の目が丸くなった。

「こ、この方、神様なんですか……？」

「落ち着け。神は神でも所詮は八十禍津日神《やそまがつひのかみ》の類だ」

「ヤソマガツヒノカミ……？　すみません、そのお名前は初めて聞くような……」

「命を害し災厄をもたらす邪悪な神の総称だ。要するに、祀られることも崇《あが》められることもない、幽世に群れる有象無象の一体だ。追い払っても罰は当たらん」

「黙れ！　そうであっても神は神！　千年の昔より畏れられた我は、現世で湧いた怪異とは別物ぞ！　それに――そう！　知っておるぞ！　比良坂流の陰陽術は怪異退治に特化したもの！　貴様の力では我の動きを封じるのが関の山であろう？」

「ほう。詳しいな」

マレビトの問いかけに、拝音があっさりと応じる。拝音の意外な返答に泉は「え？」と息を呑み、マレビトは「やはりな！」と歓喜した。

「第一、即席の符ではそう長くは持つまいて……！　あと少しだ、この五体が自由になりさえすれば、貴様もその娘も首をねじ切り、四肢を引き抜き、精魂の全てを吸い尽くしてくれようぞ……！」

八十禍津日神の名を持つマレビトが勝ち誇ったように言い放つ。その物騒な言葉を証明するように、綾岸の体の震えは徐々に大きくなっていた。今にも縛《いまし》めを振りほどいて暴れ出しそうな勢いだ。泉は青ざめたが、拝音は動じることもなく、無言で左手に携えた符を少しずらしてみせた。

拝音が二枚の符を重ねて持っていたことに、その時ようやく泉は気付いた。それを見るなり、綾岸がはっと目を見開く。

「式神の召喚符……!?」

「さすが、古いだけあって詳しいな。そういうことだ」

拝音が再び綾岸の言葉を認める。

「式神」というのは確か、陰陽師が使役する鬼神のことだったはずだ。「召喚符」と言うからには、それを呼ぶためのものなのだろう、と泉は考えた。

しかし、泉は拝音の仕事には何度か立ち会ってきたが、拝音が式神を呼んだり使ったりするところは一度も見ていないし、使ったという話を聞いたこともない。そんな術があるのなら、どうして今まで使わなかったのだろう……？

そんな疑問を泉が抱いた、その矢先。

聞き慣れた気さくな声が、拝音と泉のすぐ傍《そば》で響いた。

「お呼びですかな、若」

「え。えっ……？」

声の方向を見た泉は思わず目を見開いた。

そこに立っていたのは、見たところ四十歳前後の大柄な男性だった。

身長は拝音より少し低く、井桁文様の青の小袖に緑の前掛けという出で立ちで、肌は浅黒く、髪は短く、顔は四角く、頬には古い大きな傷痕が走っている。

よく見知った人物の突然の登場に、泉は思わずその男の名を呼んでいた。

「哲斎さん……!?」

いつの間に？ どうやって？ どうして哲斎さんがここに……？

戸惑う泉が見つめる先で、拝音は哲斎に横目を向け、短い指示を告げた。

「任せた」

「心得ました」

深くうなずいた哲斎が、無造作に綾岸に歩み寄っていく。のしのしと近づいてくる前掛け姿の中年男性を前に、綾岸はひどく戸惑い、怯えたような声を漏らした。

「な、何だ貴様……!? 我は、千年の昔より畏れられた――」

「ほう、千年ですか。ならば、わしの方が年上ですな」

「何だと……？ お前、一体、何――」

「名前など便宜的なものに過ぎませんが、かつては大陸で饕餮《とうてつ》と呼ばれておりました。殷《いん》の時代より畏怖された四体の鬼神、『四凶《しきょう》』が一体と言えば、お分かりですかな？」

「なっ――」

綾岸が息を呑んで絶句する。哲斎が口にした「トウテツ」という名を泉は知らなかったが、幽世の住人たるマレビトにとっては相当意外なものだったようで、泡を食った綾岸は、蒼白《そうはく》な顔を拝音へと向けた。

「貴様！　比良坂拝音！　貴様は陰陽師である以前に神職だろうが！　仮にも本邦の神職が、大陸の魔神を使役するとは、一体何を考えている！　この罰当たりが――」

綾岸の悲痛な声が、ふいに途切れた。

哲斎の大きな手が綾岸の頭をむんずと摑み、ぼんやりと光る火の玉のようなものを引っ張り出したのだ。マレビトの本体なのだろう、大人の握り拳ほどの大きさの発光体を、哲斎は自身の口に押し込み、ごくんと飲み込んでしまった。

瞬間、綾岸の体から力が抜け、どさりと地面に頽《くずお》れる。

意識を失って転がる綾岸を見ると、拝音はようやく右手の印をほどき、符を構えていた左手を下ろした。

「……確かに、陰陽師の式神といえば、干支《えと》に由来する十二神将か、玄武や白虎などの四神が主流だが、それは表に出る流派の話。異国の邪神だろうがキリシタンの秘術だろうが、使えるものは何でも使うのが比良坂流のやり方だ――と言っても、もはや聞こえていまい」

腕を組んだ拝音が冷たく告げ、隣に並んだ哲斎が「ですな」と相槌を打つ。

一方、泉は、見知った同居人が実は人間ではなく、聞き慣れない名前の鬼神だったらしいという事実に、ただ呆気《あっけ》に取られていたが、「久々に腹いっぱいになりましたわい」と腹を撫でる哲斎を見て、はっと気が付き口を開いた。

「あ……！　もしかして、哲斎さんが人前でご飯を食べないのって……」

「そういうことです奥様。お聞きの通り、わしは比良坂家と契約を結んだ式神ですからな。普通の飯を食う必要がないのです。しかし、助かりました、若。これでまた、百年ばかりはこの世に居られます」

「……それまで、この世が持てばの話だがな」

哲斎の親しげな言葉を受け、拝音が抑えた声を漏らす。意味ありげな一言に、泉は「え？」と聞き返したが、拝音はすぐに首を横に振った。

「何でもない。気にするな。哲斎も、急に呼んですまなかったな」

「いえいえお気遣いなく。では、わしはお先に失礼いたします。腹ごなしがてら、歩いて帰りますので」

上機嫌な笑みを浮かべた哲斎はそう言って二人に一礼し、悠々と暗闇の中を歩き去っていった。その背中を見送りながら泉がつぶやく。

「式神なのに、ぱっと消えたりできないんですね」

「悪かったな。俺の術はそこまで万能ではない」

「す、すみません……！　拝音さんを責めたわけではなくて……。それと、この方——綾岸さんはどうしたら……？」

「放っておけ。朝には目が覚めるだろう。憑依されていた間の記憶は曖昧だろうから、色々混乱するだろうが、身から出た錆《さび》だ」

芝生の上に転がる綾岸を拝音は冷ややかに見下ろしていたが、ややあって、思い出したように泉へと向き直った。まっすぐに見つめられて思わず背筋を伸ばす泉を前に、拝音が真摯な声を発する。

「人に入り込み、人を害するマレビトへの対処は、比良坂の陰陽師が代々背負ってきた使命の一つだが、今夜の成果はお前のおかげだ」

「え？　いえ、私は何も……」

「誘い出してくれたのはお前だろう。よくやった」

短い労いの言葉が庭園の一角に響く。それをきっかけに、泉の胸中に、今更のように恐怖感が湧き上がってきた。

綾岸はどうも普通の人間ではなさそうだ。確かめるための結界を庭の隅に張っておくから、お前はそこまであいつを誘い出せ——という、拝音の指示を思い出す。

思ったよりも上手くいったとはいえ、怖かったのは間違いないし、何より、好きでもない男を誘惑するという行為がどれほど嫌なものかということを、泉は改めて実感していた。もうあんなことはしたくない……。

難しい顔で黙り込む泉を見て、拝音が眉根を寄せる。

「どうした」

「え？　いえ、何でもありません……」

「それが何でもない顔か？　言いたいことがあるなら言え」

「は、はい……。あの……お役に立てたのは嬉しかったですけど……でも、できれば、こういうのは、もう二度とやりたくない……です」

拝音の様子を窺いつつ、泉が途切れ途切れの言葉を紡ぐ。その言葉が意外だったのか、拝音は短く沈黙した後、しっかりとうなずいた。

「分かった。善処する」

「す、すみません、偉そうに言ってしまって……！　確かにやりたくはないですが、どうしても、というわけではないので、必要だったら——」

「分かったと言ったろう」

拝音は呆れた様子で泉の弁解を遮り、パーティー会場の建物に目をやった。

パーティーはいつの間にかお開きになっていたようで、会場の窓から灯りは漏れてはいるものの、賑わう声は聞こえてこない。それを確認した拝音は、ふう、と息を吐き、再度泉に目をやった。

「……帰るか」

「はい」

泉はうなずき、拝音と並んで歩き出した。

色々なことを知った夜だったな、と泉は思った。

マレビトと呼ばれる存在のこと。哲斎の正体。それに、泉の知らなかった拝音の人気や交友関係……。一方で、拝音に話しかけた老人が口にしていた「ヒャッケサイ」という言葉の意味は、知らないままだ。

拝音の仕事にはまだまだ泉の知らないことがあり、教えられていないことも多いということを、泉は痛感していた。

だが、にもかかわらず、自分はこの比良坂拝音という男性を――自身の夫である人物を――すっかり信用し始めていることにもまた、泉は気付いていた。

知らないことや分からないことは、共に暮らしながら知っていけばいい。時間はあるんだから……。

――今、ここは、お前の家なんだ。

先日、拝音が掛けてくれた言葉が、ふいに脳裏に蘇る。

「私の……家……」

思わず泉がつぶやくと、先を行く拝音は振り返り、泉が嬉しそうに微笑んでいるのを見て、不審そうに首を傾げた。

第五章　充足の日常

数日間続いた雨がようやく止み、久しぶりの晴天が広がったある日の昼下がり。

熊手を手にした泉が道返大社の参道に散らばった濡《ぬ》れ落ち葉を掃き集めていると、拝殿の扉が、ぎい、と軋んだ音を立てた。見上げた先の格子戸が開き、神職姿の拝音が姿を見せる。

見慣れた姿ではあるが、色白の痩身で姿勢のいい拝音には清浄な着物と袴はよく似合う。泉が手を止めて見上げると、拝音は泉に気付き、いたのか、と言いたげに眉根を寄せながら格子戸を閉めた。

拝音が階《きざはし》を下り切り、鈴緒の手前で拝殿に一礼するのを待ってから、泉は夫に声を掛けた。

「お社の中にいらっしゃったんですね。何か特別なお勤めですか？」

拝音が毎朝拝殿に参っていることは泉も知っているが、この時間帯に出てくるのは珍しい。見上げられた拝音はぴくりと眉を動かし、小さく首を縦に振った。

「……そんなところだ。毎月、毎年、決まった日に特定の祭礼を営むのも、神職の仕事のうちだからな」

「なるほど」

拝音の言葉に相槌を打ち、泉は道返大社のお社へ目を向けた。

今しがた拝音が出てきた拝殿の奥には同じような形式の本殿が鎮座し、二つの建物を繋ぐ短い通路は板壁と屋根で囲われている。

泉がここで寝起きするようになってしばらく経ったが、拝音が詳しく教えてくれないこともあって、神社に関する知見は特に増えていなかった。手前の拝殿は人間が神様に祈るための場所で、奥の本殿は神様を祀るための建物だということくらいは常識として知っているが、神職の資格を持たない泉はどちらにも入ったことはない。

摩耗した格子戸を泉がしげしげと眺めていると、拝音が「どうかしたのか」と問いかけた。いえ、と泉が応じる。

「お社の中ってどうなっているのかな、って思っただけで……。奥の本殿には、ご神体が祀られているんですよね？」

「一般的にはそういうことになっているがな。本殿など所詮は張りぼてだ」

「張りぼて……ですか？」

「そうだ。それらしい格好を保つために作られた、外観だけの代物だ」

目を細めた拝音が冷淡に言い放つ。神社の主とは思えない辛辣な言葉に泉が絶句していると、拝音は流石《さすが》に口が過ぎたと思ったのか、少し困った顔で言い足した。

「……まあ、あれだ。要するに、大事なのは施設ではなく祀る側の心の在り方ということだ。それと、中が気になるのは勝手だが、くれぐれも社には入るなよ」

「は、はい……！　入っていいのは神主の拝音さんだけなんですよね」

「ああ。暗い上に床板が腐っているところがあるからな。不慣れな人間が入ると、間違いなく踏み抜いて怪我をする」

「そういう理由なんですね……」

神職の資格がないものが入ると罰が当たるとか、そういう話だと思っていた泉は、拍子抜けして苦笑した。道返大社の社は見るからに古いし、社の中は風通しも日当たりも悪そうなので、板が腐るのも分からなくはないが……。

「直してもらわないんですか……？　東京なら、腕のいい宮大工さんも大勢おられますよね？　私も、大工仕事ならちょっとくらいは」

「必要ない」

泉の提案を拝音がぴしゃりと遮り、有無を言わせない強い語調に泉が反射的に黙り込む。縮こまった泉を前に、拝音は気まずげに眉をひそめたが、ややあって、空を見上げて意外な言葉を口にした。

「……いい天気だな」

「え？　え、ええ……」

「そのあたりでも少し歩くか」

「はっ……？」

返事をするのも忘れ、泉はぽかんと目を見開いた。

泉がこの夫と一緒に暮らすようになって二か月あまり。怪異討伐の現場に同行して手伝った回数も既に十回を超えていたが、拝音の言葉はいつも必要最低限で、気のおけない日常会話を交わした覚えはまるでない。

最初の頃こそ不安になったりもしたが、このそっけなさが拝音の普通だということを理解してからは傷付くこともなくなっており、それだけに、泉にとって今の提案は心底意外なものだった。

「あ――歩く？　私と、ですか……？　拝音さんが？」

「そうだが？　参拝客など来やしないのだから、急いで掃除をする必要もあるまい」

いつも通りに淡々と――だが普段と比べるとほんの少しだけ口早に――拝音は言葉を重ね、「嫌なら無理強いはしないが」と言い足した。

どこか照れ臭そうなその態度に、泉ははっと我に返り、慌てて首を左右に振った。

「いいえ。お供します」

泉は熊手を拝殿脇に残し、拝音と連れ立って、長い参道をゆっくりと歩いた。

神社の森はいつものように静まり返っていたが、参道の脇にそびえる木立の間に、時折、動くものがある。泉がつい足を止めて視線で追うと、それに気付いた拝音が立ち止まって尋ねた。

「怪異か？」

「は、はい……。子供くらいの大きさで、緑色で頭にお皿があって……」

「河童《かっぱ》か。珍しい怪異ではないが、昼間でも見えるものなのか？」

「ええ。夜に比べると薄いんですが」

「つまり、夜の方がはっきり見えるということか？」

「はい。何を言ってるんだと思われそうですが、お化け——怪異って、暗いところの方がよく見えるんです。蛍みたいに、ほんのり光っているような……」

「そういうものなのか。興味深いな……」

相槌を打つ拝音の声には羨ましさが滲んでおり、泉の胸は痛んだ。

怪異を知覚できる体質、「神照目」のおかげで気味悪がられてきた泉にしてみれば、堂々とこういう話ができる相手がいることはとてもありがたいのだが、反面、怪異を目視したがっている拝音に対する申し訳なさは拭えない。

「すみません」と泉が謝ると、拝音は「気にするな」と溜息を吐き、再び歩き出した。

「それで……どうだ？　森の怪異はやはり増加しているのか」

「だと思いますね……」

森を見ながら泉はうなずき、「見覚えのない子が増えてます」と言い足した。

代々木の子狐を助けた日以来、二人は、拝音の「仕事」の度に、街の近代化によって居場所を失い、かつ、落ち着ける場所さえあれば沈静化するであろう怪異を見つけては連れ帰り、道返大社の森に放していた。

いずれも小さく弱いものばかりで、数も全部で十体足らず……のはずだったのだが、気付けば、森に跋扈《ばっこ》する怪異の数はどう考えても加速度的に増えており、木々の間に見え隠れする姿の中には、泉の知らないものも多くなっていた。

たとえば、と泉が木の上を指差す。

「あの木の上に、羽が燃えている鳶《とび》みたいなものがいるんですけど……あんな子は、私、初めて見ました。もちろん、ずっと前から森にいたのかもしれませんけど……」

「それは松明丸《たいまつまる》だな。天狗火《てんぐび》とも呼ばれる炎の怪異だが、昔から森にいたなら、うちの記録に残っているはずだから、最近居着いたものだろう。となると、やはり――」

「自然と集まってきている……ということですか……？」

「だろうな。連中がどうやってこの場所を知るのか分からんが、避難場所になっているなら何よりだ。何事もなく馴染んでくれればいいんだが……」

泉が指し示した木に拝音がしみじみと目を向ける。拝音の目には樹上で羽を休める怪異の姿は映っていないはずだが、その横顔はどことなく満足げで、安心しているようにも見えた。

そうか。この人はこういう顔で安堵するんだ……。

拝音の新たな一面を目の当たりにして、泉の胸がほっこりと温かくなる。と、拝音はふいに樹上から泉へと向き直り、神妙な顔で続けた。

「分かっているとは思うが、このことは誰にも話すなよ。特に曲利には。ある程度気心の知れた仲とは言え、奴は政府の——怪異を危険視する側の人間だ。この森の現状を知ったら、全面を伐採すると言いかねない。お前は隠し事が下手だからな」

「そ、それは……。でも、ちゃんと気を付けてますから……！」

緊張した面持ちで泉がうなずく。それを見た拝音は不安そうに眉根を寄せ、思い出したように話題を変えた。

「お前はどうだ」

「えっ？　どうと言われても……何がでしょう？」

「怪異は森に馴染んだようだが、お前はここに慣れたか、と聞いているんだ。不自由してはいないか？　必要なものや欲しいものはないか？　あるなら素直に俺に言え」

「欲しいものと言われても……」

急に話が変わったことに泉は面食らった。散歩に誘ったことと言い、今日の拝音はいつもと違う。困惑した泉が首を傾げて見上げた先で、拝音はさらに言葉を重ねた。

「普通は何かあるだろう。たとえばその――百貨店や映画館や劇場に出かけたいだの、銀座《ぎんざ》や浅草《あさくさ》に行きたいだの、レストランで洋食を食べたいだの……。お前にはそういう欲求はないのか？　新しい服が欲しいとか」

「い、いえ、そんな……。服なら、先日、古着屋さんで買い足しましたから」

「あんなものは普段着だろうが。礼装や晴れ着は？　装飾具は必要ないのか？」

「装飾具!?　めっ、滅相もないです……！　私なんかが、そんな……。ここでは本当に良くしていただいていますし」

「だが」

「で、ですから、ほんとに、大丈夫です……！」

泉が思わず声を大きくすると、拝音は「そうか」とつぶやき黙り込んだ。

難しい顔で眉根を寄せる夫の顔を、泉は改めて見上げ、おずおずと問いかけた。

「あ、あの、拝音さん、今日はどうかなさったんですか……？　優しくしていただけるのは嬉しいですが、何だか、いつもと違いすぎて、別人みたいで――あっ！　も、もしかして、あの『マレビト』とかいうのが取り憑いて」

「違う！　……全く、悪い方に考える天才だな、お前は」

青ざめる泉を一喝し、呆れた顔の拝音が大きく溜息を吐く。その見慣れた仕草に泉は安堵し、「恐縮です……」と縮こまった。

「でも、だったら、どうして……」

「別に大したことじゃない。……ただ、先日、哲斎に、お前をちゃんと気遣えと苦言を呈されたんだ。夫婦なのだから、たまには仕事以外の話もしろだの何だの……」

懐手をした拝音が泉から視線を逸らして小声を漏らす。きまりの悪そうな横顔は薄赤く染まっており、それを見た泉は噴き出しそうになった。慌てて口元を押さえた泉を拝音が睨む。

「何がおかしい」

「す、すみません……！　そういうことだったんですね……。ありがとうございます。でも、お気遣いいただかなくて大丈夫です。私、この場所が好きですから。だから、どこかに行きたいとか、そういう気持ちはありません」

「本当か？　俺が言うのも何だが、この神社も森も、ただ退屈なだけだろう」

「そ、そんなことありません……！　私、ずっと使用人用の大部屋暮らしで、自分のままでいていい時間も、一人になれる場所も、ないのが普通でしたから……。それに、毎日お風呂に入れますし、洗いたての服を着られますし……、ですから、今、ここでの毎日は、凄く新鮮で、嬉しいんです」

口下手で引っ込み思案な泉にとって、自分の気持ちを分かりやすく説明することは特に苦手な行為の一つだ。途切れ途切れのたどたどしい弁明に、拝音は黙って耳を傾けていたが、泉が「それに、ここには怪異もいますし、怪異の話を聞いてくださる拝音さんも……」と続けると、拝音は顔をしかめて口を挟んだ。

「俺は怪異のおまけか」

「え。あっ、ち、違います……！　そういうつもりでは」

「冗談だ。……だが、まあ、お前が嘘を言っていないことは分かった」

慌てる泉に拝音は淡々と切り返し、「無欲なやつだ」と再度呆れた。

「現状で満足しているのなら、無理強いすることもできないが……行きたい場所でもあれば、抱え込まずにいつでも言え。いいな」

「は、はい」

おずおずと泉は相槌を打ち、考えた。

ここまで言ってくれているのに、固辞し続けるのも逆に失礼な気がする。でも、急に行きたい場所と言われても……。

泉は思案し、ややあって抑えた声を発した。

「あの――でしたら、一度、見てみたいところがあるんです。外ではなくて、この神社の中ですが」

「――何だと」

拝音がふいに目を細め、顔色を変えた。

その反応は泉にとって予想外のものだったが、泉が「拝音さんのお仕事のお部屋を一度拝見したくて」と続けると、途端に拝音は拍子抜けした顔になった。

「何を言うのかと思ったら、俺の書斎？　そう言えば、見せたことはなかったか」

「はい。最初の日に『勝手に入られると困る』って仰ったので、まだ一度もお邪魔していません。どんなお部屋なんだろうってずっと思っていて……あ、無理なら構いませんので……！」

「無理なものか。見せてやるからついてこい」

拝音が踵《きびす》を返して歩き出す。泉は慌ててその後に続き、神社の中に見たい場所があると言われた時、拝音さんはどうして慌てたのだろう、と、心の中でつぶやいた。

この人は、いったい何を言われると思ったのだろう……？

＊＊＊

拝音の書斎である六畳の板の間に入るなり、泉の目に飛び込んできたのは、数え切れないほど大量の書物だった。

引き戸と窓以外の全ての壁は作り付けの書棚になっており、退色した和綴《わと》じの古書から箱入りの新刊まで、古今東西の本が所狭しと並んでいる。まるで本屋か図書館のような光景に泉は圧倒された。

「凄い数の本……！ これ、全部、拝音さんが買われたんですか？」

「大半はうちに代々伝わる記録やら、陰陽術がらみの古書だ。俺が買ったものはせいぜい三分の一くらいだな」

そう言いながら拝音が見やった一角には、色褪せていない本や雑誌が並んでいた。古いものも新しいものも、どちらも読んでいるということらしい。泉は尊敬の眼差しを拝音へと向けた。

「凄く勉強なさっているんですね……」

「馬鹿を言え。読書はただの趣味だ。お前も知っての通り、俺は仕事柄、酒や煙草《たばこ》はご法度で、そうそう出歩くこともできないからな。選べる趣味も限られる」

ぼやいた拝音が、窓の近くの文机の前に腰を下ろす。使い込まれた文机の上には、筆記具や水差し、卓上用のランプなどと並んで、銀縁の眼鏡が置かれていた。

「拝音さん、眼鏡を使われるんですか？」

「細かい字を読み書きする時だけだが……そうか。お前の前で掛けたことは、まだなかったか」

文机の前に正座した拝音が、手慣れた仕草で眼鏡を掛けて泉を見上げる。何気なく、レンズ越しの視線を向けられたその瞬間、「似合う……！」と泉は強く思った。

線が細くて色白な拝音には、堅苦しい洋装よりも柔らかな着物の方が似合う。そう泉は常々感じているが、そこに眼鏡を加えることで、不愛想なおかげで誤解されがちな拝音の本質——穏やかさや繊細さ——がそれとなく強調され、より優しげな印象を与えてくれる。

泉がいきなり黙り込んだことに違和感を覚えたのだろう、拝音は眼鏡を掛けたまま眉をひそめた。

「どうした？」

「あっ、すみません……！　眼鏡がお似合いだったので、驚いて」

「からかっているのか？」

「ち、違います！　本当です……！　今の拝音さん、とても優しく見えて——その、本当の拝音さんらしいと思います……」

顔を赤らめた泉が早口で告げる。泉の言葉が予想外だったのだろう、拝音は押し黙ってしまったが、その顔は気恥ずかしげで、ほんの少しだけ嬉しそうにも見えた。

短く気まずい沈黙の後、拝音がぼそりと小声を発する。

「……まあ、座れ」

「は、はい……。失礼します」

「それで――お前は本は読まないのか？　読み書きはできるんだろう」

「一応できますが、楽しむためにものを読む、ということはなかったので……。拝音さんは、どういうものを読まれるんですか？」

拝音の前に腰を下ろした泉が問いかけると、書斎の主は眼鏡を掛けたまま立ち上がり、新しい本が並ぶ一角に歩み寄った。

「仕事柄と言うべきか、やはり怪異を扱ったものが多いな……。怪談奇談の類は、明治の終わり頃までは時代遅れの迷信扱いだったが、最近では、堂々と怪異を扱う作家も増えてきた。俺は詳しくないが、映画の題材にもなっているようだ」

「へえ……。そうなんですね」

「もっとも、物語の中の怪異は所詮、過ぎ去った時代への郷愁や、ここではない場所への憧れを象徴したものに過ぎない。怪異が実在していると知っている書き手はまずいないだろう。だが、だとしても題材として取り上げられることで――」

拝音の語りは次第に滑らかになっていき、それにつれ、レンズ越しに見える双眸《そうぼう》は少年のように輝きを増していく。

……この人、好きなことを語る時は、こんな風に生き生きするんだ。

また夫の新しい一面を見られたことに喜びを感じながら、泉は拝音の視線の先に並ぶ本たちへと目をやり、ふと、そのうちの一冊に目を留めた。

漢字の背表紙が連なる中に一点だけ、横文字が記されたものがある。

「これは英語なんですね」

「ああ、小泉八雲《こいずみやくも》――ラフカディオ・ハーンの『ＫＷＡＩＤＡＮ《怪談》』か。これは名著だぞ。作者のハーンは、ギリシャ生まれの作家だが、本邦古来の怪異に関心を抱き、消え行く話を聞き集めて文学作品として昇華させた人物だ」

そう語る拝音の瞳には、強い敬意とともに、なぜか申し訳なさそうな色が滲んでいる。なぜだろうと訝る泉が見つめる先で、拝音は『ＫＷＡＩＤＡＮ』をそっと抜き出し、続けた。

「これはその題の通り、日本で古くから語られた怪談奇談をもとにした短編集だ」

「古くからの怪談奇談と言うと……」

「……たとえば、西多摩の雪女や、紀伊國坂のムジナなどだ」

英文が記されたページを開いた拝音が、沈んだ声でぼそぼそと語る。へえ、と相槌を打った矢先、泉は例示された名前に聞き覚えがあるような気がして首を捻《ひね》った。

――昨日の現場だけ見ると、向かうところ敵なしの手練れに見えたかもしれんけどな、あれは運が良かっただけで、正直、まだ生きとるのが不思議なくらいやで。西多摩の雪女と戦った時は凍死寸前まで追い込まれたし、紀伊國坂のムジナにもあとちょっとで食い殺されるところやったし……。

──先の任務で雪女やムジナに苦戦されたのは、あれらを倒したくなかったからでしょう？　人の都合で居場所を奪われ、追い立てられる怪異に同情してしまい、つい手が鈍ってしまった……。

初めて拝音の仕事に同行した日、曲利や哲斎が口にした言葉が自然と脳裏に蘇る。

「もしかして……それって、前に曲利さんたちが言っておられた、拝音さんが苦戦したという怪異たち……？」

「……そうだ。ハーンが畏敬の念をもって記録した存在は、あの時までは、まだ、この国に生きていたんだ。だが、俺がこの手で……」

強い自責と悔恨を滲ませた声が書斎に響き、拝音が無言で本を閉じる。

拝音が苦戦した理由には、居場所を失い滅ぼされるしかなかった怪異たちへの同情に加え、尊敬する作家が敬意をもって記録した存在を手に掛けたくないという思いがあったのだろう。そのことを泉は深く理解し、同時に、それでも戦うことができた拝音の強さをも、改めて知った。少なくとも自分だったら絶対無理だ。

「拝音さん、辛かったんですね……」

気付けば泉は拝音の隣に歩み寄り、気遣いの言葉を口にしていた。

言った直後、「勝手に同情するな」と叱られるのでは……と泉は一瞬警戒したが、拝音は声を荒らげることもなく、書架に戻した『ＫＷＡＩＤＡＮ』の背表紙を見つめたまま、抑えた声を漏らした。

「……すまない。ありがとう」

至近距離でも耳を凝らさないと聞こえないほど小さな声が短く響く。

こんなにまっすぐに感謝されたのは泉にとって初めてだったが、嬉しさよりも意外性が、そして意外性よりも不安の方が大きかった。

陰陽師として怪異退治に駆り出される日々の中で、拝音の心がどれだけ傷付いているのか——傷付き続けているのか——思い知らされてしまったからだ。

いたたまれなくなった泉は拝音から視線を逸らし、ふと、窓際の棚の一番上の段にだけ、本が並んでいないことに気が付いた。

がらんとした段の中央には、木で作った墓石の模型のようなものが安置されている。

丁寧に磨かれた白木造で、表面は無地、高さはせいぜい四、五寸ほど。何に使うものなのだろうと思った泉がそれを見つめると、泉の視線に気付いた拝音が口を開いた。

「あれは霊璽《れいじ》だ」

「れいじ……ですか？」

「故人の魂の依代となる神具で、要するに神道式の位牌《いはい》だ。位牌なら仏間の仏壇に置くんだが、うちは神社だからな。そういう部屋がないのでここに置いている」

「なるほど……？」

相槌を打ちつつも、泉は疑問を覚えていた。

あの霊璽が位牌のようなものであるのなら、家族共用の部屋に置くのが普通ではないのだろうか。実際、結婚式を執り行った奥座敷にも祭壇はあるのに、わざわざ拝音の私室に安置しているのには、何か理由があるのだろうか。そもそも「故人」というのは誰なんだろう。拝音の家族？　それとも個人的に大事な人……？

白木造の木片を見つめたまま泉が思案していると、拝音はその横顔を見やり、聞こえよがしに溜息を落とした。

「気になるなら聞け」

「え？」

「全く、お前は……。うちに来た頃よりは多少改善されたものの、『知りたいけど、これは聞かない方がいいんだろう』という顔をしすぎだ」

「わ、私、そんな顔に出てますか……？」

「出る。現に今も出ている。聞きたいことがあるなら素直に聞け。分かる範囲で教えるし、答えられない事ならそう伝える。何をそんなに怯える？　俺が怖いのか？」

「い、いえ、そんなわけでは……！　でも、誰でも、聞かれたくない事ってありますよね……？　もし気分を害されたら、と思うと」

「わだかまりを抱えたまま過ごす方がお前の体に悪いだろう。迷った時はやってみろ。

やって失敗しても、やらなければ良かったと思い続けるよりはましだ」

腕を組んだ拝音が泉に向き直り、諭すように穏やかに語る。

少年らしさの残る容貌や若々しい声質のおかげで、実年齢よりも若く見える拝音だが、こういう態度を取るとしっかり年上の男性に見えるから不思議なものだ。

そんなことを泉はふと思い、「分かりました」とうなずいた上で口を開いた。

「なら、お尋ねしますが……あの霊璽は、どなたのものなんですか？」

「沙庭《さにわ》巫美子《ふみこ》。お前の部屋を使うはずだった女性で、俺の婚約者だった人だ」

淡々とした言葉が書斎に響く。

その明瞭な回答に、泉ははっと絶句し、一旦、無地の霊璽を見やった後、拝音に向き直った。

拝音は代々続いている神社の跡取りなのだから、泉の前に嫁候補がいたとしてもおかしくはない。

それに、泉に与えられた部屋が元々女性の部屋だったらしいことも、泉は初日の時点で気付いている。

だが、ある程度予測が付いたことであっても、「今の自分の立場は、本来、亡くなった誰かのものだった」という事実を示されると、何を言っていいのか分からなくなってしまう……。目を見開いたまま沈黙する泉の前で、拝音はすっと頭を下げた。

「すまない。彼女のことはいつかお前に俺の口から話さねばならないとずっと思ってはいたが、今になってしまった」

「え？　いえ、あ、謝らないでください……。拝音さんは悪くないです。それで、その、ええと――」

「沙庭巫美子。さんずいに少ないと書く『沙』に庭園の『庭』で『沙庭』、巫女の『巫』に『美』しい『子』と書いて『巫美子』だ。彼女は――巫美子さんは――俺の年上の幼馴染《おさななじみ》で、姉のような存在で……比良坂流を修めた立派な陰陽師でもあった」

霊璽を見上げた拝音が、しみじみとした口調で語る。

「あの人はいつも明るくて、頼りになって……いや、いつも明るくあろうとしていた人だった。常に、頼れる存在であろう、誰かの役に立とうとしていた人だった。許嫁《いいなずけ》になったのは、お互いが物心つく前だったが……いざ嫁入りという頃合いになって、荷物を運びこんだ数日後に、帰らぬ人となってしまった」

そう語る拝音の口調や表情からは、かつての許嫁を深く慕い、尊敬していたことが、はっきりと伝わってきた。「あの人に教えられたことは多い」と拝音が続ける。

「今しがたお前に言った『迷った時はやってみろ』という考え方も、巫美子さんからの受け売りだ」

「立派な方だったたんですね……。あ、あの、こんなことをお聞きしていいのか分かりませんが……どうして亡くなられたんですか？」

「それは――」

拝音の声がふいに途切れた。説明する気はあるものの適切な言葉が見つけられないのか、あるいは思い出すだけでも辛いのか、拝音はもどかしそうに眉根を寄せて黙り込んでしまう。その心中を慮った泉は「すみません、大丈夫です」と声を掛け、改めて白木の霊璽に目をやった。

沙庭巫美子という顔も知らない女性の代わりに曲利が見つけた嫁候補が自分だったのだな、と泉は思った。

なぜ自分だったのかは、正直、今でもよく分かっていない。神照目という特異な体質のおかげだとしても、島根の田舎で細々と暮らしていた身寄りのない娘のことを東京の官僚がどうやって知ったのかなど、疑問は残るが、少なくとも泉は今の生活に――比良坂拝音という男性の妻であることに――不満を覚えていなかった。

――私、この場所が好きですから。

――ですから、今、ここでの毎日は、凄く新鮮で、嬉しいんです。

先ほど参道で口にした言葉は本心だ。だが、その立場は、本来は別の……聞く限りは自分よりよほど優秀で、拝音にも慕われていたらしい沙庭巫美子という女性のものだったという事実を突きつけられたことで、泉の中の満足感は罪悪感へと塗り替えられていた。胸の奥が痛くなるのを感じながら、泉は「あの」と口を開いた。

「手を、合わせさせてもらってもいいですか……？」

「何？」

「沙庭巫美子さんが、拝音さんにとって大事な方だったのなら、私もご挨拶をしておきたいと思うので……」

泉がおずおず申し出ると、拝音は虚を衝かれたような顔になったが、すぐに見慣れた平静な表情に戻り、こくりとうなずいてくれた。

「そうだな。俺からも頼む」

「わ、分かりました。……で、あの、拝み方のお作法とかあるんでしょうか？」

「ただ手を合わせてくれれば、それでいい」

拝音が霊璽に向かって両手を合わせ、目を伏せる。

その隣に並んだ泉は、拝音と同じように掌を合わせ、目を閉じて頭を下げた。

初めまして。すみません。虫のいい話ですが、どうか見守っていてください……。

顔も知らない相手に向かって泉は心の中で語りかけ、ややあって目を開いて隣を見ると、ちょうど拝音も顔を上げたところだった。

至近距離で二人の視線が交錯し、見つめられた拝音が嘆息する。

お馴染《なじ》みの仕草だが、なぜか少し拝音との距離が縮まったような気がして、泉の胸はほっこりと温かくなった。

＊＊＊

拝音の書斎で巫美子の霊璽に手を合わせた日から数日後の深夜のこと。いつものように拝音の寝室で眠っていた泉は、ふと目を覚ました。

拝音は寝る時に灯りを落とす習慣があるため、部屋の中は真っ暗で、夜に鳴く虫の声だけが障子窓越しに響いている。普段通りの夜なのだが、にもかかわらず何か妙な違和感がある。

何だろう……と首を傾げた泉は、すぐにその正体に気付いた。

拝音の規則正しい寝息が聞こえないのだ。

訝しんだ泉は体を起こし、枕元に置かれた燐寸《マッチ》を手探りで摑んで火を付けた。ぼっ、と短い音とともに小さな炎が燃え上がり、隣に敷かれた拝音の寝床を——空になっている布団を——照らし出す。

「拝音さん……？」

戸惑う声が自然と漏れた。

誰であれ、喉が渇いたとか用足しだとかの理由で夜中に寝室を出ることはあるだろうし、別に慌てる理由もない。

そう自分に言い聞かせてみたものの、不穏な気持ちは収まってくれない。

「急な陰陽師の仕事……？　でも、だったら、私も呼ばれるはずだし……」

疑問を抱えたまま泉は燐寸の火を手燭《てしょく》の蠟燭《ろうそく》に移し、それを持って立ち上がった。廊下に通じる襖を開けると、その途端、馬の生首のようなものが、ぶらん、と勢いよくぶら下がってきた。

「ひゃっ！」

泉が思わず悲鳴を上げる。と、眼前の馬の首のようなもの、俗に「さがり」と呼ばれる怪異は、満足そうに頭上の暗がりの中へと消えていった。

「ああ、びっくりした……」

胸を撫で下ろした泉は呼吸を整え、暗い廊下を見回した。

障子戸には無数の目玉が開閉しており、壁際には全身に棘《とげ》の生えたものがうずくまっている。天井近くには目鼻のある火の玉が無言で揺れているし、廊下の奥にはまだまだ何かの気配がある。

道返大社の森に根付いた怪異たちは、夜になると社務所にも堂々と侵入し、例外は拝音の部屋だけだ。その事実を泉は改めて思い出し、同時に、悲鳴を上げたのに何の反応もなかったことにも気が付いた。

ということはつまり、声が聞こえる範囲に拝音も哲斎もいない……？

眉をひそめつつ、泉は廊下をゆっくりと進んだ。泉自身が不安を抱えているからかもしれないが、怪異たちも落ち着かないというか、ざわついているようにも見える。

「ねえ。何かあったの……？」

ぶら下がっている火の玉——確か「釣瓶火《つるべび》」と呼ばれる怪異——に尋ねてみたが、当然ながら答えはない。困惑を抱えたまま泉は深夜の社務所を歩き回ったが、どこにも拝音の姿はなく、灯りも見当たらなかった。哲斎の部屋も無人で、こうなると二人とも外出したとしか思えない。

下駄《げた》をつっかけて土間に下りた泉は、閂《かんぬき》の外されていた木戸を開け、そして、はっと息を呑んだ。

神社の本殿の周辺が、青白い光に包まれていた。

仄かに発光する蝶型の怪異——「異蝶」の大群が社の上で乱舞している。

異蝶は森だけでなく仕事先でもよく見るありふれた怪異だが、こんなにも群れているのは初めてで、泉は目を見張った。

一体一体の放つ光は微量でも、ここまで多いと眩《まぶ》しいくらいで、手燭がなくてもあたりが見えるほどだ。

幽玄というよりもむしろ荘厳な光景に魅せられながら、泉は社に歩み寄り、拝殿の扉が半開きになっていることに気が付いた。異蝶は拝殿の中にも群れているようで、青白い光が戸の隙間から漏れている。

依然として拝音の気配はないが、この先で何かが——間違いなく不穏なことが——起きている。神照目がそう泉に告げていた。

何も見なかったことにして、引き返した方がいいだろうか……。

泉は足を止めて自問したが、その時、先日拝音から聞かされた言葉が胸中に蘇った。

——迷った時はやってみろ。やって失敗しても、やらなければ良かったと思い続けるよりはましだ。

拝音が巫美子から託されたという言葉が、泉の背中をそっと押す。

意を決した泉は、拝殿に向かって深く頭を下げた後、下駄を持って拝殿に上がり、賽《さい》銭《せん》箱の奥の階を上がった。

神社で起居するようになってしばらく経ったとはいえ、社の中に入るのは生まれて初めてで、罰当たりなことをしているという罪悪感がぬぐえない。泉は神様に内心で謝罪し、同時に、この神社がそもそも何を祀っているのかすら知らないことに気が付いて呆れた。

初めて足を踏み入れた拝殿は、祭壇も神具もない、がらんどうの空間だった。

拝殿の突き当たりには奥の本殿に通じる通路があったが、そこを見た瞬間、泉は「えっ」と声を発していた。

御神体が鎮座する、神社で最も大事な施設であるはずの本殿の実態は、四方を板壁に囲まれただけの、粗末で空虚な空間だった。

床板すらなく、地面が丸見えになっている。

本殿など所詮は張りぼてだ、という拝音の言葉が皮肉でも自嘲でもなく、単なる事実だったことを泉は思い知った。

「『ここは、普通の神社じゃない』……」

嫁入り以来何度も聞かされた言葉を、泉は再度嚙《か》み締《し》めた。

本殿の内部、土間のように踏み固められた地面の一角には、井戸のように四角に切られた穴があり、そこからは地下に下りるための急な階段が延びていた。

異蝶は地下への階段にも群れており、地下から上がってきているようにも見える。

泉はごくりとつばを吞み、下駄を履いて、地中へ通じる階段に踏み込んだ。

最初は急傾斜で木製だった階段は、途中からなだらかな石段へと変わった。

相当古い場所なのだろう、石段も左右の岩壁もひどく摩耗しており、下る程に不穏な気配が募っていく。

異蝶の群れの光に頼って目を凝らしつつ、息を殺しつつ、泉が階段を下り切ると、ふいに視界が大きく開けた。

そこは、広々とした洞窟だった。

ざっと見る限り、天井の高さは二、三階建ての建物ほどで、広さは大きなお寺の講堂くらいだ。だだっ広い空間の中央には、汽車のような大きさの板状の岩が横たわっており、その岩の前に拝音が立っていた。

拝音に気付いた途端、泉は反射的に石段の入り口に隠れ、手燭を消してそっと様子を窺った。幸い、ここにも大量の異蝶が乱れ飛んでいる上、岩の左右には篝火《かがりび》が焚《た》かれているので、洞窟内の様子はよく見える。

神職としての装束を身に着けた拝音は神妙な仏頂面で、左右には哲斎と曲利の姿もあった。三人の眼前に横たわる巨岩は、古びた注連縄《しめなわ》でがんじがらめになっていたが、まるでそこだけ地震が起きているかのように、微細に鳴動し続けていた。

その光景を見た瞬間、泉は直感的に理解した。

ここが道返大社の本殿であり、地上の本殿は、本当に張りぼてでしかないのだ、と。

でも……だとしても、あんなご神体があるのだろうか……？

石段の入り口に身をひそめたまま、泉は青ざめ、戸惑った。

古い巨岩に注連縄を掛けて祀る光景は、郷里周辺の山里などでも見たことがあるが、今目の前にある岩はそういうものとは違うと、本能が——あるいは神照目が——告げていた。

泉の知る注連縄はありがたみを示すための装飾具だが、大洞窟に横たわる岩に掛けられたそれは、明らかに束縛のための道具だった。

念入りに巻きつけられた太い縄は、巨岩を無理矢理縛り付け、押さえつけるためのものにしか見えない。

その考えを補強するかのように岩は不気味な鳴動を続けており、よく見ると岩の下からは紫がかった怪しい光が漏れている。

ここは何？　あの岩は何？　拝音さんたちはここで何をしていて、道返大社はそもそも何のために作られた施設なのだろう……？

疑問は無数に湧き上がったが、泉は声を出せなかった。

ここは本来部外者が来てはいけない場所だということは、誰に聞くまでもなく分かっていた。

幸い、拝音たちは泉に気付いていないようで、巨岩に神妙な顔を向けている。「震えとるなあ」と曲利が言い、鞄から取り出した書類の束を拝音に差し出した。

「研究会からの最新の報告書や。見てもらうと分かるけどな、もう時間がないっちゅうのが、先生方の結論や」

「何だと？　先日、パーティーで丑角先生から伺った話では、予断こそ許されないものの、まだ若干の余裕はあるとのことだったが……」

「新しい観測結果を踏まえたらそうでもなかった、ちゅうことやろ。拝音も薄々分かってるんと違うか？ 実際問題、あと一か月も持たんで、これは。早いとこ『百怪祭』を成功させんと、本気でやばい」

曲利がさらりと口にした「百怪祭」という名前に泉はぴくりと反応した。以前、パーティー会場で聞いた単語だが、それが何なのかを泉は未だに知らない。神妙な顔の泉が見つめる先で、拝音は黙り込み、書類の束をぎゅっと摑んだ。その様を見た曲利が苛立たしげに言葉を重ねる。

「今更何を迷うとんねん。お化け退治は所詮は日銭稼ぎの手段、比良坂流陰陽師と道返大社の存在意義はこっちゃろ」

「そんなことは分かっている……！ しかし――」

拝音の声がぶつんと途切れる。その表情は泉には見えなかったが、歯を食いしばっていることは声で分かった。哲斎、と拝音が短く問う。

「お前はどう思う」

「わしは比良坂家に仕える式神にすぎませんからな。若のお気持ちのままに、としか申し上げられませんが……ただまあ、わしの目から見ても、この千曳の岩がそう長く持たないことは確かかと」

「千曳の岩」という、哲斎がさらりと口にした名称に、泉の心がざわっと揺れた。

「千曳」は言うまでもなく泉の旧姓だ。そして「千曳の岩」とは日本神話に出てくる、あの世とこの世を遮る巨岩の名で、「千曳」の姓もそれに由来したものだったはずだ。

だが、それだけではなくて、もっと何か……。

──うちはもともと古い神社でなあ。千曳という苗字がその証拠で──。

──神話は本当のことじゃないが、かと言って、全部嘘でもなく──。

まだ幼かった頃、父母から聞いた言葉がふいに泉の脳裏に響いた。

そうだ、と泉は息を呑んだ。

父と母は、確かにそんなことを言っていた……！　それに……。

──いくら大事なお役目があっても、忘れられてしまえば終わり──。

──どうかお前は、そんなお役目に縛られない、幸せな人生を──。

今の今まで忘れていた言葉が──亡くなる少し前、裏長屋で病床の父母が漏らした声が──途切れ途切れに蘇ったが、肝心なところが思い出せない。

あの時、父は、母は、自分に何を伝えようとした……？

もう少しで分かりそうで分からないもどかしさに、泉が頭を抱えて懊悩《おうのう》する。

一方、曲利は拝音に詰め寄って声量を上げた。

「ええかげんにせえや！　僕が何のために日本中のその手の噂を聞き集めて、それらしい血筋を探し倒したと思うとる？　そら僕かて、君が怖がるのは分かるで。巫美子はんは残念やった。でもな、今度は大丈夫や。泉ちゃんならまず行ける！」

「え？　私……？」

泉の間抜けな声が洞窟に響いた。

曲利がふいに自分の名を出したことに驚き、泉はつい声を発してしまっていた。

しまった……！

泉は慌てて口を押さえたが、もう遅い。拝音たちは一斉に振り向き、石段の入り口に縮こまっている泉に気付いた。

「お前……！」

「泉ちゃん⁉」

「奥様――」

三人の驚く声が重なり、拝音が早足で歩み寄ってくる。血相を変えた拝音は、青ざめて立ちすくむ泉の眼前で足を止め、険しい声を発した。

「見たな」

「あ」

「見たんだな。聞いたんだな？」

「え。ええと、あ、あの、私……」

罪人を詰問するような拝音の厳しい態度に、泉はただ震えて慄《おのの》き、そして同時に、先日、泉が見たい場所があると言った時、拝音が顔色を変えた理由を悟った。

あの時拝音は、本殿の中を——この大洞窟を——見られることを恐れたのだ。あの後、拝音が散歩に誘ってくれたのも、泉を本殿から遠ざけるのが目的だったに違いない。なのに私は、距離が縮まったと浮かれるばかりで……！

泉は自分の愚かさを痛感し、慌てて深く頭を下げた。

「す、すみません……！　あの、目が覚めたら拝音さんが見えなくて、それで探していたら、その……こんな場所があるなんて思わなくて……」

「まあ、そらそうやろな。ちなみに、ここが道返大社の本物の本殿や。上はそれっぽく見せるための張りぼてなんやけど……ここに来た時点で分かってるわな」

苦笑いを浮かべた曲利が頭を掻《か》き、眉根を寄せる哲斎と顔を見合わせる。一方、拝音はさらに泉に近づき、蒼白な顔で泉を見下ろした。

「今夜ここで見たこと、聞いたことは全て忘れろ」

「えっ？　忘れろって——」

「そのままの意味だ。何度も言わせるな……！」

有無を言わせぬ強い語調が深夜の洞窟に響き渡る。先日「聞きたいことがあるなら素直に聞け」と言ってくれた夫とは思えない剣幕に、泉はただ怯え、押し黙るばかりだった。曲利や哲斎も黙り込む中、拝音は忌々しそうに頭を振り、「話は終わりだ」と言い放った。

「お前は部屋に帰って寝ろ」

「えっ？ で、でも、拝音さん……」

「拝音、さすがにそれは強引とちゃうか？ ここまで見られてしもた以上、ちょっとは説明してあげた方が……」

「そうです若。奥様とて、無関係ではないのですから――」

「話は終わりだと言っている！」

ふいに拝音が声を張り上げた。

業を煮やした結果の怒号でありながら、どこか、痛々しい懇願にも聞こえるような一声が、一同を強引に黙らせる。

洞窟の中に微かな残響が広がる中、泉は無言で首肯することしかできなかった。

泉が拝音に離縁を宣告されたのは、その翌朝のことだった。

第六章　声の重なる時

追い出されるように本殿地下の大洞窟を出た泉は、一人、寝室に戻った。

とりあえず布団に入ってはみたものの、胸中に渦巻く疑問や不安が収まる気配はまるでない。一人きりの寝室で、泉は一睡もできないまま時をやりすごし、やがて夜が明けた頃、憔悴《しょうすい》した顔の拝音が現れた。

「着替えたら奥座敷に来い」

拝音はそれだけを告げて立ち去った。

残された泉は、言われた通り朝の身支度を終えた。恐る恐る座敷に向かうと、着物に袴姿の拝音が正座をして待っていた。哲斎は拝音の斜め後ろに無言で控えていたが、曲利の姿は見当たらなかった。昨夜のうちに帰ったようだが、それを確かめることすらできない。ただおどおどと佇む泉を見やり、拝音が短く声を発する。

「座れ」

「は、はい……」

おずおずと拝音の向かいに腰を下ろし、泉は改めて拝音を——自分の夫である若者を——見た。

聞きたいことは山ほどあるのに、多すぎて何から切り出していいのか分からない。何より、今の拝音は恐ろしく、そして危うく感じられ、泉は声を発することができなかった。先日、気持ちが近づいたと感じたのが嘘だったかのように……。

……だが、黙っていては何も進まない。

勇気を振り絞った泉が、身を乗り出して口を開いた――その矢先。

「拝音さ――」

「お前とは別れることにした」

拝音の端的な宣言が座敷に響いた。

口下手な泉に比して、拝音の声はよく通る。自身の問いかけを打ち消された泉は、はっと絶句し、中途半端に前屈《まえかが》みになった姿勢のまま、目を瞬いた。

「え。今、何と……」

「聞こえなかったのか？　お前とは別れると言ったんだ。離縁するということだ。お前はもう俺の妻ではなくなるし、比良坂家の一員でもなくなる」

事務的な報告を読み上げているように、あくまで淡々と拝音が告げる。

「別れる」、「離縁」、「妻ではなくなる」……。いずれの言葉も難しいものではないはずなのに、突然すぎて泉の理解が追い付かない。だが拝音は、ぽかんと静止したままの泉の様子を意に介することもなく、つらつらと言葉を重ねていった。

「正式な手続きはまだだが、それは俺が済ませておく。ともかくお前の居場所はもうこの家にはない。早急に荷物をまとめて郷里の島根へ帰れ」

「きょ、郷里って……拝音さんもご存じですよね……？　私、身寄りもなくて、ずっと奉公暮らしでしたから、帰る家なんて、どこにも……」

「ならば好きなところに行け。東京駅までは哲斎に送らせるから、どこへなりと行くといい。ひとまず島根までの切符と当座の生活資金は渡すので安心しろ」

「え？　い、いえ、そういうことじゃなくて……私が聞きたいのは、どうして――」

どうして、急にそんなことを言い出すんですか。

昨夜、私があれを見てしまったからですか。

あの洞窟と大きな岩は何なんですか。

もしかして、巫美子さんが亡くなられたことと関係があるんですか。

私はどうしてこの家に招かれたんですか。

そして――どうしてそんなに、痛々しい顔をしているんですか……？

聞きたいことは無数にあった。だが、泉がそれらを口に出すより早く、拝音が勢い良く立ち上がった。その動きに気圧されて口をつぐんだ泉に拝音は背を向け、昨夜と同じ言葉を口にした。

「昨夜に見たこと、聞いたことは全て忘れろ。俺から言えることはそれだけだ」

「それだけ、って……」

「話は終わりだ。今の俺にはやることがある。お前の話に付き合っている時間はない」

「で……でも――」

「いつまでそこにそうしているつもりだ。千曳泉」

振り返ることなく拝音が告げる。

あえて旧姓で呼んだ意図は、確認するまでもなく分かった。

拝音にしっかりと名前を呼ばれることはこれまでほとんどなかったが、嬉しさや華やぎは微塵《みじん》もなく、ただ、突き放されたような痛みだけが泉の胸に込み上げる。黙り込んだ泉の前で、拝音は「後は任せた」と哲斎に告げ、座敷から立ち去ってしまった。

＊＊＊

いくら不可解だと思っても、家主に離縁を宣言されてしまった以上、入り嫁である泉はそれに従うより他はない。

泉はやむなく部屋に戻り、数少ない私物を風呂敷包みにまとめると、数か月を過ごした部屋や建物にしっかり別れを告げることもできないまま、哲斎に伴われて道返大社を後にした。

普段は気さくで饒舌《じょうぜつ》な哲斎も、今日は自分から口を開くことはなく、泉が何かを尋ねても、最低限の言葉で答えるか、首を横に振るばかりだった。

東京駅に着くと、哲斎は泉に待っているように言い、切符を買いに行った。風呂敷包みを下げた泉は、一人、壁にもたれて溜息を吐いた。

立派な煉瓦造りの丸《まる》の内《うち》駅舎には、泉が上京してきた日と同じように、年齢も性別も服装も多種多様な大勢の人が忙《せわ》しなく行き交っている。

ピンときていなかったけれど、東京にはこんなにたくさんの人がいるんだな……。

今更のように泉はそんなことを思った。

そして、自分もその街の一員だったことを――そうではなくなることを――実感した途端、ずん、と胸の奥が痛んだ。

流されるように居場所を変える生活には慣れているつもりだったのに、どうやら自分は、自覚している以上に、道返大社に未練を感じているらしい……。

そのことに泉が驚いていると、哲斎が戻り、買ったばかりの切符と懐紙の包みを差し出した。

「島根までの切符と、こちらは奥様が――失敬、泉様が、ひとまず暮らしていかれるためのお金です。当座の生活資金としては充分だと思いますが、どうか大事に――」

「やっぱり納得できません……！」

気が付けば泉は哲斎の言葉を遮っていた。

駅舎の一角に突然響いた大声に、行き交う人々の一部が顔を向けたが、足を止める人はいなかった。これだけ利用者の多い駅だと、大声や言い争い程度は日常茶飯事で、いちいち見物するほど珍しいものでもないようだ。

たじろいだ哲斎はあたりを見回した後、切符や生活資金を受け取ろうとしない泉に向き直って、困ったように顔をしかめた。

「納得できないと今更申されても……。第一、ここまで素直に同行してくださったではありませんか」

「すみません。哲斎さんを困らせたいわけじゃないんです。でも、やっぱり、このままじゃ分からないことが多すぎるんです……！　どうして急に離縁なんですか？　至らないところがあったのなら納得しますが、そういうことじゃないですよね？　昨夜、私が見たものが関係しているんですよね？」

「それは――」

「お願いします、教えてください……！　出て行けと仰るなら出て行きます、二度と東京に戻ってくるなと言われたらその通りにします！　でも、せめて、納得したいんです……！　あの岩は何なんですか？　私は何のために呼ばれたんですか？　道返大社と拝音さんの本当の役目って、百怪祭って何なんですか？」

堰《せき》を切ったように泉が問いを重ねていく。哲斎は苦渋の表情のまま黙り込んでいたが、泉が最後に「拝音さんは今、一人で何をしようとしているんですか？　危険なことじゃないんですか？」と問いかけると、ぐ、と短い唸り声を漏らして目を伏せた。

「奥様……いえ、泉様のお気持ちはもっともです。わしとて、お教えできるものなら、お伝えしたい」

「なら――」

「しかし無理なのです。わしが人ならば、自身の決断で主人の命令に抗うこともできましょう。ですが、泉様もご存じの通り、わしは饕餮。比良坂家と式神契約を結んだ鬼神です。契約が存在する以上、主の指示に反する行動を取ることはできないのです」

「できないって、それは」

「文字通り、不可能という意味です。……式神とは、そういうものなのですよ」

聞き分けの悪い子供に言い含めるように、哲斎がゆっくりと言葉を紡ぐ。

その表情には悔しさともどかしさがはっきりと滲んでおり、哲斎は嘘を言っていないと泉は直感的に理解した。

つまり、主である拝音の指示が覆らない限り、哲斎はそれに従わざるを得ないらしい。

沈黙した泉の前で哲斎はやれやれと頭を振り、改めて切符と懐紙を差し出した。

「さあ、どうぞ。申し訳ありませんが、力ずくでも列車に乗っていただきますぞ」

有無を言わせぬ口調で哲斎が告げる。突き出された切符と生活資金を前に、泉は下ろしたままの手をぐっと握り締め、考えろ、と自分に必死に言い聞かせた。

＊＊＊

泉と哲斎が道返大社を出た少し後、道返大社本殿の地下に広がる洞窟にて。

鈍い鳴動を繰り返す大岩の前には、今、簡素で奇妙な祭壇が設けられていた。

白木の台の中央には、正四角錘《すい》を描くように注連縄が張り渡されている。四角錘の一辺は一尺半ほどで、その左右には大人の腕ほどの太さの藁束《わらたば》がごろりと転がされ、そこに幣束を挟んだ串《くし》が何本も突き立てられていた。幣束の色は様々で、それぞれ別の形に切り抜かれ、異なった紋様が書き込まれている。

一対の篝火が照らす地下空間で、拝音は単身で祭壇の支度を整えた。

薄い灰色の衣と白い袴の上にゆったりとした純白の縫腋袍《ほうえきほう》を重ねた出で立ちで、頭上には黒の冠を戴《いただ》き、腰には古びた石帯を締めている。神職用の和装だが、普段着ているものとは違う、特別な儀式に臨むための正装だ。

これから執り行う儀式は、複雑で正確な手順が求められる危険なものだ。だが、代々伝えられた手引書の内容を、拝音は完全に記憶している。黙々と御幣の位置を調整していた拝音は、自分の手が震えていることに気付き、舌打ちを漏らした。

今更怯えているとは、情けないにもほどがある。

あいつを追い出すと決めた時点で、もう腹を括《くく》ったはずだろうが……！

拝音は胸中で自身を叱咤《しった》し、その覚悟を誇示するように深くうなずいた後、顔を上げて大岩を見据えた。

その時、慌ただしい足音が洞窟に響いた。石段を駆け下りてきた曲利が、拝音に気付いて立ち止まる。

「拝音、ここにおったんか。神社も社務所も空やし、夜逃げでもしたんかと思うたで。で、あの後どうなった？　泉ちゃんはどこや」

「離縁して郷里に返した」

「……はい？」

「哲斎に駅まで送らせたから、もう汽車に乗っている頃だ」

「はあっ⁉」

曲利の困惑の声が広大な洞窟に反響する。曲利は「聞いてへんぞ！」と大声をあげたが、拝音はそれ以上説明しようともせず、淡々と祭壇の支度を続けた。眉根を寄せた曲利がつかつかと拝音に歩み寄る。

「つうか自分、何の準備をしとんねん」

「決まっているだろう。百怪祭だ」

「百怪祭て……」

怪訝な顔の曲利が鸚鵡《おうむ》返《がえ》しに尋ねると、拝音は注連縄で束縛された大岩を見やり、言葉を重ねた。

「……いつの頃からか、この地には幽世に通じる穴が開いていた。首埋め塚だの首吊り塚だのという不吉な地名は、それに由来するものだ。そして、その穴を塞ぐ蓋こそがこの千曳の岩であり、蓋が緩まないよう見張り続けるために置かれたのが、道返大社と比良坂家。年月を重ねて蓋が緩んだ時には、タガを締め直さねばならない。そのために行う儀式が百怪祭だ。万一、蓋が弾け飛ぶと――」

「――幽世の鬼神ども、いわゆるマレビトが大量に現世に紛れ込む。マレビトの中にはたちの悪いのも多いさかい、人間に取り憑いて何をしでかすか分かったもんやないし、そもそも幽世は『力』そのものが渦巻く異質な空間や。そんなところと直結したら、天変地異の一つ二つは簡単に起こる。街ごと吹っ飛んでも不思議やない」

拝音の解説に割り込んだ曲利が流暢に語る。それを聞いた拝音はようやく振り返り、ほう、と感心した声を漏らした。

「詳しいな」

「君の担当を何年やっとると思うとる。これでも僕は、頭脳明晰《めいせき》で記憶力抜群の優秀な秘書で通っとるんや」

曲利が大袈裟に胸を張ると、拝音は「そうだったな」と苦笑した。少し空気が和らいだことを察したのか、曲利が苦笑いを返す。

「しかし、何でまた『百怪』なんて縁起の悪い字面なんやろうな」

「さあな。古式の陰陽道に同名の儀式はあるが、どうやらそちらとは無関係だ。うちの記録によると、そもそもは、百鬼夜行の日……大量の怪異が現れる夜に行われたことから、『百怪祭』と命名されたらしい」

「へー。で、何でそんな不吉な日にやるねんな」

「そこまでは知らん」

「いや、知らんのかい！」

大袈裟に曲利が突っ込んだが、拝音は釣られて笑うこともなく、抑えた声を発した。

「……昨日、お前が持ってきた資料を見た。確かに、当初の予想以上に、幽世の圧の高まりが加速している。早急に百怪祭を執り行わなければ東京は持たない。ならばやるしかないだろう」

「それはまあ、そうなんやけど……自分一人で出来るんか？」

真顔になった曲利が問い返すと、拝音は無言で視線を逸らした。沈黙する拝音を見据えて、曲利が続ける。

「二年前の時は巫美子はんと二人がかりで、それでも失敗したやないか。あの時は僕もまだ、ここの担当に回されたばっかりでチンプンカンプンやったけど、今なら多少は分かってる。巫美子はんは、それはもう優秀な陰陽師やった。なのに消えてしもたんやぞ？　遺体も残さず、綺麗さっぱり！」

曲利が声を張り上げる。悲痛な声が洞窟に反響する中、拝音は震える拳を握り締め、まっすぐな眼差しを千曳の岩へ向けた。

「あの時の俺とは違う。先の経験で感覚は摑んでいるし、一人で執り行うための方法も調べた。理論的には問題ない。負荷は大きいが、充分に可能だ」

「負荷て……それ、自分は大丈夫なんか？」

「……千曳の岩は落ち着くはずだ」

祭壇の前に立った拝音が、注連縄で縛られた大岩を——かつての婚約者の命を奪った原因を——凝視したまま断言する。

拝音の言葉は曲利の問いへの答えにはなっておらず、それはつまり、儀式が成功しても、拝音が無事ではいられない可能性が極めて高い、ということだ。

そのことを理解した曲利は真顔で黙り込み、ややあって、大仰に苦笑した。

「——分かった。そこまで言うなら、僕の権限で、百怪祭の実施を許可するわ。立会人も僕が務めさせてもらう……って、何やねん、その意外そうな顔は」

「案外あっさり受け入れたなと思っただけだ。お前のことだから、もっと確実性を期すためにとか何とか、ごねるものかと」

「君とはそれなりに長い付き合いやさかいな。言い出したら聞かんことも、嘘は吐かんことも知ってる。第一、今のこの国には、百怪祭を任せられる陰陽師は君しかおらんねん。君がそう言うなら、そうでっか、と答えるしかあらへんがな。……しかし、『意外』はこっちの台詞《せりふ》やで」

「そうか？」

「そうや。拝音、前は、東京なんかどうにでもなれと思ってたやろ」

地面に腰を下ろした曲利が、内ポケットから煙草を取り出しながら笑いかける。拝音は「禁煙だ」と曲利を睨みつけた後、けろりとした顔で首肯した。

「ああ。出来合いの神話を一律に押し付ける一方で、本当に古くから伝わっていたものたちを軽んじ、見下し、なかったことにしようとする――。そんな風なこの街、この国の在り方に、賛同できるはずもない。いっそ滅んでしまえばいいとさえ思っていた」

「正直なやっちゃなあ……。それ、僕以外の役人の前で言うたら首が飛ぶで。で、そんな拝音が何で心変わりを？」

煙草をポケットに戻しつつ曲利が尋ねたが、拝音は何も言わなかった。答えるつもりがないことを察した曲利は「了解」と相槌を打ち、気さくな笑みを拝音に向けた。

「景気づけに酒でも……と思うたけど、君の場合、そういうわけにもいかんわな。頼まれごとがあるなら今のうちに聞いとくで」

「口が利けなくなる可能性もあるから」とは曲利は言わなかったが、その心配りは伝わったようで、拝音は「すまない」とうなずき、洞窟の天井を見上げた。

「ならば、この道返大社を、周りの森ごと残せるように取り計らってくれ。神社がなくなるのなら、国定公園でも保護林でも名目は何でも構わない」

「森を？　まあ、やれ言うならやってみるけど、どうして……って、聞かんでくれっちゅう顔やな、それは。はいはい、承りました」

「ありがたい。頼む」

そう言って深く頭を下げた後、拝音は改めて祭壇に向き合った。

微かに震える手が祭壇の上に横たえられていた榊《さかき》の玉串を取り、うっすらと冷や汗の浮かぶ顔が鳴動する大岩に向けられる。

いよいよ百怪祭が始まるようだ。そう理解した曲利は立ち上がって洞窟の端の方まで後退し、顔を伏せて、微かな声を漏らした。

「……すまんな」

その詫びる声が聞こえているのかいないのか、拝音は無言で呼吸を整え、玉串を胸元に持ち上げた。

……泉はもう、東京を離れただろうか。

一方的に追い出した妻の身を慮りながら、拝音が岩を見据え、祭文を口にしようとした——その時だった。

「まっ——まっ、ま、待ってください……！」

泉のたどたどしい声が洞窟に響き渡った。

「お前……⁉」

地上に通じる階段を駆け下りてきた泉を見て、拝音は大きく目を見開いた。

急いで走ってきたのだろう、泉の息はゼイゼイと荒く、髪は乱れて汗で顔に張り付いている。その傍らには、泉の荷物を抱えた哲斎が、けろりとした顔で付き従っていた。

「良かった……。間に合った……！」

茫然《ぼうぜん》としている拝音を見て、泉の胸に安堵感が満ちる。

そのまま泉が洞窟へ踏み込むと、今まさに儀式に臨もうとしていた拝音は、二人の闖《ちん》入者《にゅうしゃ》を見比べ、戸惑った。

「泉、お前どうして……？　それに哲斎、これは——」

「哲斎さんから聞きました！」

拝音の詰問に被せるように泉が声を張り上げる。怒鳴るつもりはないのだが、呼吸が激しくなっているせいで、つい声が大きくなってしまう。泉の大声に拝音は露骨に目を細め、泉を睨んだ。

　重要な儀式用の装束なのだろう、拝音は泉の知らない真っ白な衣を纏っている。色白で線の細い拝音にはよく似合っており、神々しいほど清浄に見えたが、それだけに感情的な表情が際立って見えた。「聞いたとは何をだ」と拝音が問い、泉が「全部です！」と即答する。

「全部——全部、教えていただきました……！　道返大社がどうしてあるのか、百怪祭って何なのか、巫美子さんが亡くなられたいきさつも、それに、今から拝音さんがやろうとしていることも……！」

　岩壁に手をついて体を支えながら、泉は一気に言い切った。

　それを聞くなり拝音は大きく眉根を寄せ、泉の隣に立つ哲斎を睨みつけた。

「どういうことだ、哲斎」

「無論、若のご指示を忘れたわけではありません。しかし若、お忘れですかな？　わしはあくまで、比良坂家に仕える式神なのです」

「それがどうし——」

　拝音の訝る声が途切れた。息を呑んだ拝音が「まさか」と泉を見据え、泉が間髪容れず首肯する。

「……そうです。拝音さんは今朝、私を追い出す時、正式な手続きはまだだが、と仰いました。つまり私はまだ、形式上は比良坂の家の人間——哲斎さんの主なんです。哲斎さんに指示することができるんです……！」

「そういうことです、若。駅で切符を渡そうとした時。泉様は……いや、奥様はそのことに気付かれた。それを言われてしまうと、わしには従うより他はなかったという次第です」

あえて「奥様」と言い直しつつ、哲斎は親しげな微笑を泉に向けた。その見慣れた笑顔に後を押されるように、泉は呼吸を整え、歯噛みする拝音に向き合った。

「哲斎さんからは、幽世に通じる穴はここ一つではない、ということも教えていただきました。以前、拝音さんが、冥界下りの神話は世界中にあると教えてくださいましたけれど、その話の元になったのが幽世に通じる穴なんですよね……？　穴は火山のようなもので、時を経るうちに鎮まり、埋もれてしまうものもあれば、生き続けているものもあり、道返大社の穴は今まさに噴火しようとしている……。そうですよね？」

泉が問いかけても拝音は答えようとしなかったが、ここで反論しないのは肯定するのと変わらない。黙り込んだままの拝音と、鳴動を続ける大岩を前に、泉は「そして」と言葉を重ねた。

既に呼吸は落ち着き、ゆっくりと話せるようになってきている。

「幽世に通じる穴は、千曳の岩で塞がれた……。千曳の岩は一つだけじゃなくて、それぞれの岩の傍には、幽世との境目が壊れないよう見守り続ける役目の一族が置かれたんですよね。たとえば、この比良坂の家のように。私の――千曳の一族のように」

「……それも哲斎から聞いたのか？」

「いいえ。気付いたんです。両親が遺《のこ》してくれた言葉の意味に」

――うちはもともと古い神社でなあ。千曳という苗字がその証拠で――。

――神話は本当のことじゃないが、かと言って、全部嘘でもなく――。

――いくら大事なお役目があっても、忘れられてしまえば終わり――。

――どうかお前は、そんなお役目に縛られない、幸せな人生を――。

父母はきっと、千曳の一族に背負わされていた使命のことを知っていて、あえて全てを娘に伝えなかったのだろう。その心遣いを泉は改めて噛み締め、拝音と、その傍らに並んだ曲利を見やった。

「曲利さんが私をこの家に呼ばれた理由も、それなんですよね」

「……そういうこっちゃ。僕が記録を調べた限りでは、江戸時代の中頃までは、出雲の千曳家は、江戸の比良坂家と並ぶ、穴の見守り役やった。その血筋には特別な力があったみたいでな、朝廷からも幕府からも大事にされとったらしい。ただ、出雲の穴が完全に鎮まると、お役御免とばかりに放任されて……その後はまあ、知っての通りや。お社の存在自体が完全に失伝してたさかい、子孫を辿《たど》るのは骨が折れたで」

「す、すみません……。でも、見つけてくださってありがとうございます」

曲利の愚痴に、泉が反射的に頭を下げる。その緊張感に欠けた反応にほだされたのか、曲利は苦笑したが、対照的に拝音は激昂した。

「馬鹿馬鹿しい！」と拝音が怒鳴る。

「だから戻ってきたというのか？　一族の使命に殉じるために？　どこまでお人好《ひとよ》しなんだ、お前は……！　お前の一族に危険な役目を押し付けておきながら、いざ穴が沈静化すれば掌を返したのはどこの誰だか分かっているのか？」

「え？　そ、それは……この国の偉い方たち……？」

「そうだ！　お前の家が貧しかったのも、お前の両親が早くに亡くなったのも、元を辿ればそいつらのせいだ！　今、俺が怪異退治に駆り出されているのも、お前がそれに付き合わされているのも、全て……！　お前はそんな連中のために体を張るつもりなのか？　簡単な役目ではないんだぞ!?　巫美子さんがどうなったのか、お前も哲斎から聞いたんだろうが！」

泉に歩み寄った拝音が口早にまくしたてる。勢いに気圧された泉が無言で首肯すると、拝音は盛大に溜息を吐き、至近距離から泉を睨んだ。

「だったら――そこまで知っていながら、なぜ帰ってきた！」

「す、少しはできることがあればと思って……。私も、一応、その、千曳の家の出身ですから……」

「思い上がるな！」

「ひっ！」

「陰陽術を全く齧《かじ》っていないお前に何ができる？　山陰の山奥で細々と小さな穴を守っていただけの千曳家と違い、比良坂は、怪異退治の先触屋と卑下されながらも、活性化を繰り返す穴を抑え、陰陽術の可能性を追求し、より効率的で実用的な術を磨き続けてきた一族だ！　百怪祭はその中でも秘術中の秘術！　お前なんかが首を突っ込める境地ではない！　それに――」

いつ終わるとも知れない拝音の怒声が洞窟に延々と響き続ける。

これまで拝音に諭されることは何度もあったが、ここまでの剣幕で怒られたのは初めてだ。矢継ぎ早に投げつけられる激しい苦言に、泉は口を挟めなかった。

だが、泉は、不思議と、「怖い」とは思わなかった。

この人は、焦っているんだ……。

泉の胸中に声が響く。

そう長くない期間とは言え、拝音とは一つ屋根の下で夫婦として過ごした仲だ。昨日今日の付き合いではないからこそ、見えてきてしまうものはある。拝音があえて声を張り上げ、身振り手振りを大きくしているのも、泉を脅し、遠ざけるためだろう。

だったら、なおのこと、それに屈することはできない――と、泉は思った。

一方の拝音は、気弱なはずの泉がまるで怯えず、従う気配もないことに業を煮やしたのか、さらに声を張り上げた。

「これだけ言ってもなぜ通じない？　迷惑だと言っているのが分からないのか⁉　いや、そもそも！　お前はなぜ離縁されたのか分かっているのか？」

「え？　そ、それは、私が役に立たないからで……役立たずなのは認めます、認めますけど、儀式のお手伝いくらいならできるって哲斎さんも」

「違う！　そんな理由だったら東京から離れろとは言わん！」

「……えっ？」

「百怪祭が失敗したら幽世と現世を繋ぐ穴が東京の真ん中に開く！　そうなったら最後、何が起こるか分かったものではない！　被害を避けるためには、東京から離れておくのが最善なんだ！」

「え。え？　ま、待ってください、拝音さん……！　じゃあ拝音さんは、ただ、私を心配して……？」

「そうだ！　俺はお前の身だけを案じ――」

泉が思わず発した問いに、拝音は食い付くように即答し、「あ」と一声唸って絶句した。売り言葉に買い言葉の応酬の中で、隠していた本音をうっかり吐露してしまったことに気付いたようだ。

地下の大洞窟に沈黙が広がる中、泉は大きく目を見開き、薄赤い顔で黙り込む拝音を見据えていた。

自分が追い出された理由は、単に足を引っ張りかねない役立たずだからだとばかり思っていた。まさか、自分を心配してくれていたなんて……。

先日、拝音との距離が縮まったと感じたことを、泉は改めて思い返した。

あれは勘違いではなかったのだと気付かされ、胸の奥に嬉しい熱が湧き上がる。

泉は勢い込んで拝音に一歩近づき、口を開いた。

「……それは、私も同じです」

「何……？」

「一族の使命とか、国とか、そういうことじゃないんです。私はただ、拝音さんのことが心配で……」

「お前が俺を案じる？　見くびるな！　俺は比良坂拝音、帝都最後の陰陽師で――」

「私の夫です！」

拝音の反論を遮るように泉が力強く言い放つ。

さらに泉が「家族を心配するのは、おかしなことじゃないと思います……！」と言い足すと、拝音は再び押し黙ってしまった。

拳を握り締めて立ちすくむ拝音を——夫を——泉はまっすぐ見返した。

男性への反論も、自分の意見を表明するのも、泉にとっては不慣れな行為で、気を抜くと謝りそうになってしまう。頑張れ、と自分で自分を叱咤しながら、泉は続けた。

「一人だけで百怪祭をやるのは負担が大きすぎるということも、哲斎さんから聞きました。もし穴を塞ぎ直すことに成功しても、拝音さんはおそらく体か心の大半を持っていかれてしまうって……。そうなんですよね、哲斎さん」

「仰る通り」

泉の斜め後ろで見守っていた哲斎がしっかりと首を縦に振る。さらに哲斎は、老親のような慈愛に満ちた視線を拝音に向け、「若」と穏やかな声を発した。

「わしが奥様に全てお話ししたのは、確かに、比良坂家との契約を持ち出されたからではありますが、それだけではありません。百怪祭は本来、二人の術者によって為される儀式です。成功率を上げるためには二人で臨んだ方が良いことくらい、賢明な若なら理解しておられるはず」

「しかし、こいつは——」

「確かに奥様は陰陽師ではありません。ですが、それを補う優れた資質をお持ちです。無傷とまでは行かずとも、負担を軽減した上で等分できるなら、それに越したことはありますまい？　何より、奥様と若は大変に相性がいい！」

「え？」

「……何だと？」

哲斎が自信満々で告げた評価に、泉と拝音は揃って眉をひそめていた。

泉としては、助言してくれるのは嬉しいものの、自分と拝音の相性がいいと言われても実感するのは難しい。その点に関しては拝音も同感だったようで、「馬鹿を言え！」と哲斎に食って掛かった。

「こいつと俺ではまるで違うだろうが……！　術者としての知識も経験も、生まれも育ちも性格も、どこを取ってもまるで逆だ！」

「だからですよ」

「何？」

「違うからこそ良いのです。逆だからこそ合うのです！　若もご自分で言っておられたではありませんか。そもそも陰陽師とは、その名の通り、『陰』と『陽』を司る役目で、対となる要素のどちらも排除することなく受け入れるのが陰陽師なのだ、と」

――今でこそ怪異退治の専門家に成り下がってしまっているが、本来の陰陽師は万物の調整役だ。陰陽師とはその名の通り、『陰』と『陽』を司るもの。対となる要素のどちらも排除することなく受け入れ、この世の理に則って、世界をあるべき形に整え、保つ……。陰陽師とは、そういう仕事だ。

哲斎が引用してみせたのは、いつだったか泉も拝音から聞いた言葉だった。

自身の言葉をぶつけられた拝音は、反論が思いつかなかったのか、あるいは納得してしまったのか、何も言えずに両手を握り締めた。悔しげに沈黙する拝音に、泉がおずおずと声を掛ける。

「あ、あの、拝音さん……。今、神社の周りがどうなっているか、ご存じですか？」

「……藪から棒に何の話だ？」

拝音が不可解そうに訝ると、泉はその耳元に口を寄せ、「怪異たちが騒いでいました」と小声を発した。

部外者の曲利が聞いている以上、森で大量の怪異を保護していることを大っぴらに話すわけにはいかない。二人のひそひそ話を見た曲利は不審そうに顔をしかめたが、口を挟もうとはしなかった。泉はそのことに感謝しつつ、拝音の耳元で小声で続けた。

「まだお昼なのに、あちこちから音が聞こえました。動き回っている姿もいくつも見えて、まるで森全体がざわめいているみたいです。異蝶の数も、いつも以上で……」

「……ふむ。幽世の穴から漏れる気配に反応して興奮しているのか？」

「分かりません。……でも、私には、不安がっているみたいに見えました。多分、あの子たちも、怖いんだと思います。居場所がなくなるかもしれないから……」

そこまでを耳元でささやくと、泉はすっと拝音から離れ、改めて夫の顔を見上げて言葉を重ねた。

「離縁するって言われて気付きました。私は、この場所が――道返大社が好きなんです。誰かにとっての居場所になれるこの神社とこの森を、私は、このままの形で守りたいんです……！　だから――お願いします！　手伝わせてください……！」

そう言って泉は勢いよく頭を下げた。

言うべきことはこれで全て言い切った、と泉は思った。

後は、拝音がどう判断するか次第だ。

おずおずと泉が顔を上げた先で、拝音は腕を組んで目を細め、ずっと聞き手に徹していた曲利へと横目を向けた。

「……曲利。お前はどう思う」

「専門的なことは僕には分からんで。……ただまあ、僕が見つけてきたお嫁さんとは言え、泉ちゃんは言うたら素人の女の子や。巻き込みたいとは思わんな、僕は」

助言を求められた曲利が神妙な顔で答える。どうやら曲利は泉が手伝うことに反対なようで、その反応は泉にとっては意外だった。実利的な性格の曲利のことだから、「どんな形であれ成功率を上げられるなら、それをやれ」と主張すると思っていたが、当てが外れてしまった。

しかし、曲利の賛同が得られなかったからと言って折れるわけにはいかない。未だ決めかねている拝音に向かって、泉は「拝音さん」と声を掛けた。

「お願いします……！　迷った時はやってみた方がいいんですよね？　やって失敗しても、やらなければ良かったと思い続けるよりはましだから」

「──お前。それは──」

「そうです。拝音さんが教えてくださった、巫美子さんの言葉です……！　私は、まだ、比良坂家の一員なんです！　家族なんです！　だから──少しは頼ってください……！」

泉が口にした言葉はいずれも、この家に来てから拝音が口にしたものだった。

再度、自分自身の言葉をぶつけられた拝音は、泉が、そして哲斎と曲利とが見守る中、数秒間沈黙し、ややあって、背筋を伸ばして泉に向き直ると、よく通る声を発した。

「分かった。力を貸してくれ、泉」

＊＊＊

百怪祭への泉の参加を承諾した拝音は、哲斎と曲利を大岩の見張り役として洞窟に残し、泉を連れて地上の社務所に戻った。泉の支度を整えるためだ。

特別な純白の神官装束を身に着けたままの拝音は、「これと揃いのものを着てもらう」と泉に説き、神具用の棚から女物の白い着物や髪飾りなどを取り出した。

「これに着替えろ。俺は座敷で待っている」

一式を泉に差し出しながら拝音が言う。既に覚悟を決めたのだろう、その表情は、ついさっきまで激昂していたとは思えないほど落ち着いており、泉は安堵した。


拝音が座敷で待っていると、程なくして自信なさげな声が障子越しに響いた。

「おっ、お、お待たせしました……」

いつも以上におどおどとした声とともに障子が開き、着替えを終えた泉が現れる。

正座して待っていた拝音は、振り返るなり、ほう、と小さな息を漏らした。

「……し、失礼します……」

おずおずと入室してきた泉が纏っていたのは、巫女と神主の装束を足し合わせたような独特の意匠の着物だった。白の振袖に白の袴の取り合わせは清浄という言葉を具象化したように涼やかで、袖口の赤い袖括紐《そでくくりひも》が華やかさを、金の髪留めが煌《きら》びやかさを添えている。

「あ、あの、私、変じゃないですか……？　変ですよね？」

拝音の前に腰を下ろし、泉は不安げに問いかけた。

言われた通りに着替えてみたものの、地味な野良着や古着ばかり着てきた自分には、こんな真っ白で綺麗な装束は不釣り合いとしか思えない。笑われるか呆れられるに違いない……と泉は覚悟を決めていたが、意外にも拝音は首を横に振った。

「いや。よく似合う」

「え？　拝音さん、からかっておられるんですか……？　それとも冗談――」

「本当だ。……俺は、可憐《かれん》だと思う」

真正面に正座した拝音が泉を見据えて真顔で告げる。

それなりに長く拝音と暮らしてきた身なので、顔を見れば、本音を口にしているかどうかくらいは見て取れる。

そして、今の拝音の顔は、嘘を吐いている顔ではない。

そのことを理解した瞬間、泉の顔は真っ赤になった。

「あっ、あり――ありがとうございます……。……恐縮です……」

消え入りそうな声を漏らしながら、泉は顔を伏せていた。

恥ずかしいだけではなく嬉しいのに……いや、嬉しいからこそ、拝音の顔が直視できない。

その恥じらいが伝わったのか、拝音も顔を薄赤く染めて黙り込んだ。

気恥ずかしい沈黙は数秒続き、ややあって、仕切り直すように拝音が口を開く。

「――ともかく、百怪祭だ。今すぐに千曳の岩が弾け飛ぶような兆候はないが、急がねばならないのは変わらない」

「そ、そうでしたね……！　はい、頑張ります……！　でも私、その百怪祭どころか、陰陽術のことも全然知らないんですが、本当に大丈夫なんですか？」

「……お前、今更それを言うのか」

「す、すみません……！　自分から言い出しておいて、とは自分でも思うんですけど、改めて考えてみると、どんどん不安になってきて……」

肩を縮めた泉が心配そうに視線を泳がせる。その見慣れた仕草で安心したのか、拝音は「お前らしいな」と腕を組んで嘆息した。

「大丈夫だ。儀式の進行は俺に任せろ。舵取《かじと》りが二人いるとかえって混乱するからな、お前はただ力を与えてくれればいい」

「力を与えるというのは、具体的には……」

「心を強く持っていろ、ということだ。百怪祭の仕組み自体は単純なもので、体をこっちに置いたまま、心――魂だけを幽世側に送り、向こうからタガを締め直して穴を塞ぎ、その後魂を呼び戻す。それだけだ」

「な、なるほど……。でも、穴を塞いでから魂を戻せるんですか？」

「人の心と体の間には、引き離されても元に戻ろうとする性質がある。加えて、魂が戻るための一時的な経路を用意する術も併用するから――まあ要するに、理論的には大丈夫だ。実績もあるから安心しろ」

真面目に話すと長くなるからか、拝音はざっくりと説明を省略して立ち上がり、部屋の隅に置いてあった古びた三方を持ってきて泉の前に置いた。

三方の上には白徳利《しろどっくり》が置かれ、同じ紋様が記された護符が二枚並べられている。

これは何ですと泉が聞くより先に、拝音は三方を挟んで泉の向かい側に再び正座し、三方の上に両手を差し出した。

「お前も手を出せ」

「は、はい……えっ？」

言われるがまま両手を差し出した泉は驚いた。

泉の両手を、拝音が左右からそっと握ったのだ。

男性にしてはきめ細かな、それでいて、泉より確かに大ぶりでがっしりとした指が泉の手の甲に優しく触れ、しっかりと摑む。

その感触に、泉は拝音と初めて出会った日のことを――空家で怪異「高女」と対峙《たいじ》した時のことを――思い返し、同時に当惑した。

「は、拝音さん？　これは――」

「落ち着け。百怪祭の準備だ。今から、俺とお前の間に疑似的な式神契約を結ぶ」

「式神契約というと、比良坂家と哲斎さんみたいな……？」

「原理的にはあれと同じだが、今から行うのはその応用だ。術者同士が相手を自分の式神として契約し、かつ、召喚術が常時発動した状態を維持させる。互いが互いを召喚し続ける状況を作り出し、お互いを楔《くさび》とすることで、確実に現世に戻れるようにするんだ。分かったらお前も俺の手を摑め」

拝音の解説に、泉は「百怪祭は本来、二人の術者によって為される儀式」という哲斎の言葉を思い出した。なるほど、と泉は得心し、指を拝音の指に搦《から》めた。

二人の手がおずおずと、やがて強く絡み合い、拝音が泉を見据えて告げる。

「俺の唱える祭文を復唱しろ」

「……はい」

「幽世の神土《こうど》が式の社《やしろ》に祝われし」

「かくりよのこうどが、しきのやしろにいわわれし」

「大御崎様の荒式の法を」

「大みさき様のあらしきのほうを」

「この刻《とき》に行い、招じ参らせる御者《おんもの》に告ぐ」

「このときに行い、しょうじ、まいらせる、おんものに告ぐ」

「影向《えいこう》なされて、我が元までに御旅《おんたび》候え」

「えいこうなされて、我が元までに、おんたびそうらえ」

「地にては、地遠く」

「地にては、地、遠く」

「天にては天遠く」

「天にては、天、遠く……」

　拝音が口にする音を、泉はそのまま繰り返した。

　拝音の祭文は普段よりもゆっくりで、泉が聞き取りやすいよう配慮してくれていることが分かる。その気遣いと、そして掌と指に伝わる温《ぬく》もりとを感じながら、泉はふと、拝音と夫婦になったのもこの座敷だったことを思い出した。

　あの時は上京したばかりで、拝音のことはおろか右も左も分からない状況で、しかも着の身着のままだった。

　でも今は、拝音と同じ目的のために、白無垢《しろむく》のような純白の着物を纏い、誓いの言葉を重ねている。

　まるでこっちの方が本当の婚礼みたいだ……と、泉は思った。

第七章　二人の百怪祭《ひゃっけさい》

　式神契約のための祭文の復唱は十五分ほどで終わった。

　泉の中で特に何かが変わった感覚はなかったが、拝音に言わせるとそれで問題はなく、むしろ違和感があったら失敗だ、とのことだった。

　儀式を終えた泉は、拝音とともに社務所を出た。

　社や参道を取り囲む森は、さっき見た時以上に騒がしく、不穏な気配が満ちていた。草むらで、木陰で、あるいは樹上で、様々な形の怪異たちが、ざわめき、戸惑い、騒いでいる。いつもは漂うように飛んでいる異蝶も興奮したように激しく乱舞しており、数も普段の数倍はいる。

　尋常ではない森の様子に、泉が思わず足を止めると、拝音もその隣で立ち止まり、泉の視線を追って顔を上げた。

「……なるほどな、お前が言った通りだ」

「分かるんですか？」

「神照目持ちのお前ほど正確に認識できるわけではないが、感覚を軽く補強しただけでも、異様な状況だということは理解できる。確かに、怯えているようだな」

「ですよね……。あの、今更かもしれませんが、どうして怪異は幽世の穴を怖がるんですか？　素人からすると、同じようなものに思えるんですが……」

「普通の物質や生物とは異なる在り方をしているという意味においては、怪異も幽世の存在も似たようなものではあるが、共通しているのはその部分だけだ。たとえば、現世の怪異たちが真水、あるいはそこに住まう生き物だとすれば、幽世の大気は濃厚な海水。海が川に侵食してきたら川の魚は困るだろう？　そういうことだ」

「な、なるほど……。それは困りますよね……」

相槌を打つ泉の声は震え、顔の色も青白い。それに気付いた拝音は、泉を見下ろして問いかけた。

「……怖いのか？」

「え？　そ、そんなことはないです！　自分から言い出したことですし――」

「無理をするな。ろくに陰陽術を齧ってもいない身で、魂を幽世に飛ばすことになったなら、不安になるのは当然だ。素直になっていい」

呆れた顔で腕を組んだ拝音が優しく告げ、その言葉に泉の強張りがふっと緩んだ。

これも、お互いに式神契約を結んだおかげだろうか……。

そんなことを思いながら、泉はこくりとうなずいた。

「……正直、『怖くない』って言えば嘘になります……。あの、幽世って、どんな場所なんですか？　拝音さんは行ったことがあるんですよね？」

「あれを言葉で説明するのは難しいが……強いて言うなら、これは夢だと分かっている夢を見ているような感覚に近いな。空や大地どころか上下左右の別もなく、自分という存在が希釈され、気を緩めると周りに溶け込んでしまいそうな空間だった」

「周りに溶け込む……？　自分が消えてしまうってことですか？」

「少なくとも俺はそう感じたが——ああ、そう怯えるな。さっきも言ったように、お前の役目はあくまで重石《おもし》であり楔だ。幽世は心が剝《む》き出《だ》しになる場所だから、気の持ちようが全てを決める。最後まで気を抜かないよう集中してさえいれば、自分が消失することはない。……それと」

そこで一旦言葉を区切ると、拝音は泉に向き直り、背筋をまっすぐ伸ばした。

それに釣られて姿勢を正した泉に向かって、拝音が真摯な声で続ける。

「哲斎が言った通り、二人で行うことで確かに負担は軽減できる。それは間違いないが……だとしても、二人とも無傷では済まないだろう。体のどこかが損傷することは充分にあり得る。心に傷を負うかもしれないが……それでも、やってくれるか？」

拝音のまっすぐな問いかけが、目と鼻の先から投げかけられる。

泉が「それは——」と答えようとした時、足首に、柔らかい何かがふわりと触れた。

反射的に視線を落とすと、そこにいたのは、透き通った体の小さな白狐だった。

泉が拝音と初めて出向いた仕事先、代々木の稲荷神社跡で拾った妖狐の子供だ。

子狐の体は森に放した時と比べると一回り以上大きくなっており、その周りには、仲間なのか友達なのか、イタチやムジナのような姿の小さな獣たちもいた。

他の怪異たち同様に不安なのだろう、稲荷神の子である小さな狐は体を震わせ、大きな瞳で泉を見つめている。縋《すが》るような、訴えるような視線に、泉は息を呑み、そして「大丈夫」と微笑を浮かべてみせた。

心配させてごめんね。怖いんだよね。でも、きっと、大丈夫だから……。

そんな気持ちを込めて泉は狐にうなずき返し、顔を上げて拝音を見た。

「やります」

短い宣言が拝殿の前に響く。

さらに念を押すように泉が拝音をまっすぐ見つめると、拝音はもうそれ以上何も聞こうともせず、ただ、そうか、とだけうなずき、抑えた声でこう言い足した。

「ありがとう」

子狐たちに見送られながら泉と拝音は拝殿へ入り、本殿内の階段へ足を踏み入れた。

大洞窟に続く階段を下る途中、拝音がふいに口を開く。

「……前回の百怪祭では、俺は巫美子さんに頼りすぎていた」

「え？」

「あの人は、俺より遥かに優秀な術者だったからな。出しゃばるべきではないと俺は思っていたんだ。だが同時に俺の中には、比良坂家の正当な後継者は自分なのだから、自分が前に出るべきだ、という気持ちもあった。その食い違いが……いや、結局のところ、巫美子さんを信頼しきれなかったことが、あの失敗に繋がったんだと思う。二人で営む百怪祭において、一番大事なのは、術者の技量でも血筋でもない。負担を等分するという信頼関係だったんだ」

独白とも語りかけともつかない言葉が、薄暗い階段に朗々と響く。

その語りに耳を傾けながら、泉は、これまでの拝音との関係を思い返した。

陰陽師の仕事に何度も同行したとは言え、泉が果たしてきた役割はあくまで神照目を利用した補佐でしかなかった。

……でも、今度はそれでは駄目なんだ。

自分で自分に言い聞かせ、泉は硬い石段をぐっと踏み締めた。

曲利と哲斎の待つ大洞窟では、千曳の岩の鳴動が更に激しくなっていた。

幽世の濃厚な気配に反応しているのだろう、洞窟の天井付近には無数の異蝶が明滅を繰り返しながら群舞しており、天井の岩肌がはっきりと見えるほど明るくなっている。

その光景を見上げた拝音が眉をひそめた。

「凄《すさ》まじいな……」

「ほんまやで。この世の終わりみたいな光景や」

祭壇脇の地べたに腰を下ろして待っていた曲利が相槌を打つ。その返事に泉は一瞬微かな違和感を覚えたが、違和感の正体を探る間もなく、哲斎が二人を急《せ》かした。

「さあ。祭壇は既に整えてございます。わしもお手伝いできれば良いのですが、ここからは若と奥様にお任せするしか……」

「分かっている」

哲斎にうなずき返した拝音は祭壇の前まで進み、隣に並んだ泉に横目を向けた。

「始めるぞ。行けるな」

「は……はい……！」

泉の声は震えていた。

汽車ほどの大きさの岩がガタガタと震えている光景だけで充分迫力があるのだが、それに加えて、泉の持つ神照目は、岩の下から漏れている幽世の風を——あらゆる意味においてこちらの世界とは異質な空気の危うさを——はっきりと泉に伝えていた。

本能的な忌避感が湧き上がり、全身から血の気が引いていく。今すぐ逃げ出したいと訴える心の声を、泉は必死に押さえつけなければならなかった。

何をしているんだ、私は……。覚悟を決めたはずなのに……！

自分の弱さに情けなくなる泉だったが、その時、すぐ隣から声が響いた。

「大丈夫だ。俺がいる」

よく通る声に泉が思わず視線を向けると、拝音の横顔が目に映った。

その細面は西洋の彫像を思わせるほど端整で、丁寧に撫でつけられた髪は淡い亜麻色を帯びており、色白できめの細かい肌には、薄く冷や汗が滲んでいる。

内心の不安を抑えつけながら、毅然《きぜん》と脅威に立ち向かおうとする拝音を見て、泉は「出会った時と同じだ」と思い、同時に、「あの時とは違う」とも思った。

今の自分は、あの時よりずっと拝音のことを知っている。

そして、拝音もまた、自分のことを知ってくれている。

その強みを噛み締めながら泉は拝音を見返し、精一杯の虚勢を張って口を開いた。

「拝音さんこそ、大丈夫ですよ」

「……何？」

「私もいます」

泉が胸を張って告げると、拝音は大きく顔をしかめた。

まずい……！　と泉は慌てた。

拝音を安心させようと思って言ったのだけれど、怒らせてしまったらしい。叱られると思った泉はつい頭を下げそうになったが……だが、それに続く拝音の反応は予想外のものだった。

　拝音は薄く笑ったのだ。

　ふっと微かな息が漏れるだけの、ささやかで短い笑みだったが、それは間違いなく、泉が初めて見た、拝音の——夫の——笑顔だった。

　そうか。この人、こんな風に笑うんだ……！

　ぽかんと見入った泉の胸から、不安と恐怖がすっと薄れて消えていく。

　と、拝音は、大事な儀式の前だということを思い出したのか、照れ臭そうに咳払《せきばら》いを挟み、呼吸を整えてから改めて祭壇に向き合った。

「では行くぞ」

「はい……！」

　さっきとは打って変わった明瞭な返事が響く。それを聞いた拝音はこくりとうなずき返し、祭壇越しに千曳の岩を見据え、印を結びながら口を開いた。

「天、東、西、南、北、五方の法の社に、我らの敷、我らの智慧《ちえ》、我らの魄《はく》を行い上げ、五方同じ、四海同じ、式のこれ、上つ風に山の神、天の神、地の神、挙《こぞ》りて——」

　拝音の詠唱する声が洞窟内に反響していく。

「百の怪の名の下に、早風、黒風、赤風吹かしめて、幽世への門を開けさせ、供波留《くばる》天、那供波留天《なくばる》、供狩天《くがる》、那治波留天《なちばる》の智拳には、開いた目は塞がれず、上げた足は降ろされず、刺した爪は抜かれず――」

朗々と続く祭文には独特の抑揚が付いている。よく通る拝音の声質とも相まって、まるで歌のようだ……と泉は思った。

初めて聞くはずなのに、どこか懐かしい歌みたいだ。

そんなことを思った頃から泉の意識は徐々に薄れ始め、やがて途切れた。

＊＊＊

ふっと意識が遠のいた次の瞬間、泉は一人、知らない場所に立っていた。

足下に広がるのは草一本生えていない乾いた荒れ地で、空は分厚い雲に覆われている。纏っていたはずの純白の振袖と袴は、擦り切れて汚れた古着に変わっており、隣にいたはずの拝音の姿はどこにも見当たらなかった。

「え。えっ……？」

戸惑いの声を漏らしながら、泉はおろおろと周囲を見回した。

薄暗くだだっ広い荒野には生き物の気配はまるでなく、空を埋める雲は、ここが現実ではないと宣告するかのように、禍々《まがまが》しい色彩を帯びている。

「ここが……幽世……？　でも――」

聞いていた話とまるで違う、と泉は思った。

拝音の説明によれば、幽世は「空や大地どころか上下左右の別もない」空間のはずだ。「夢だと分かっている夢を見ているような感覚」こそあるが、こんなにしっかりした地面があるとは聞いていないし、拝音とはぐれたのも想定外だ。

「ど、どうしよう……。どうすれば……？」

このまま立ち止まっていても状況は好転しなさそうだが、どこへ向かうべきかも分からない。縋るような気持ちで再度四方を見回した泉は、荒れ地を囲むように、数軒の建物が建っていることに気が付いた。

どれも放置されて久しそうな古屋ばかりで、そして、そのいずれもが、泉にとって見覚えのある建物だった。

上京直前まで働いていた古着屋に、気味悪がられて追い出された勤め先の数々。それに、両親の最期を看取《みと》った裏長屋……。

荒野の周囲に佇む無人の廃屋は全て、泉が道返大社に来る前に暮らしたことがある――辛い思い出のある――場所ばかりだった。

そうか、と泉は得心した。おそらくこの光景は、泉自身の記憶が反映されたものなのだろう。つまり、この殺風景な荒れ地は、泉の心の中の風景そのもので……。

そのことを理解した途端、ずん、と泉の胸が苦しくなった。

人には見えないものが見えてしまうばかりに気味悪がられ、忌避される辛さ。

不安を共有できる相手が誰もいないという孤独感。

まるで先が見えないのに、生きていても仕方ないのでは、という不安……。

道返大社という居場所を得て以来忘れかけていた数々の思いが、泉の中に一気に湧き上がる。心だけでなく体をも押し潰しそうな重みに、泉が思わず膝を突きそうになったその時、さっき聞いたばかりの拝音の忠告が蘇った。

――幽世は心が剝き出しになる場所だから、気の持ちようが全てを決める。

「そうか……。こういうことなんですね、拝音さん……！」

足に力を入れて踏ん張りながら、泉は拝音の名を口にした。

応じる相手がいないのにあえて声に出して問いかけたのは、そうすることで力が貰える気がしたからだったが、ふいに、聞き慣れた声がすぐ傍で響いた。

「泉……!?」

「え？　は、拝音さん？」

反射的に声の方向を見た泉がぎょっと目を見開いた。

いつの間にか、自分のすぐ近く、数歩しか離れていないところに拝音が立っていた。

泉同様、純白の神官装束は見慣れた普段着に変わっていたが、数か月を夫婦として過ごし、ついさっきまで一緒にいた相手を見間違えるはずがない。驚きながらも安堵する泉に向かって、拝音が怪訝に問いかける。

「お前、どうしてここにいる？　どこから来た？」

「どこからって……私はずっと動いていませんけど……。そう言う拝音さんこそ、いつからそこに……？」

「何？　……いや、そうか。ここ、幽世では、俺たちの世界での距離や時間の感覚は通用しない。おそらくお前が俺の名を口にしたことで、俺がこの場へ呼び寄せられたんだ。式神契約の効果だろうが、ともかく、合流できて何よりだ」

眉根を寄せてあたりを見回した後、拝音が泉に向き直って肩をすくめる。拝音の口にした理屈は泉には正直よく分からなかったが、再会できて安心したのは泉も同じだ。泉は「それは私も……！」と弾んだ声で応じたが、拝音に歩み寄ると、その安心感は不安に転じた。

薄暗いので気付かなかったが、元々色白な拝音の顔は蒼白で、額には冷や汗が浮いており、呼吸も荒くなっている。

「あの、拝音さん？　どうかなされたんですか？　体調が――」

「問題ない」

拝音は泉の問いかけをすかさず遮り、「それよりも」と話を変えた。

「大事なのは百怪祭だ。迅速に儀式を完遂させ、現世に戻る必要がある。幽世にいつまでも留まっているわけにはいかないからな」

「は、はい……。と言うか、ここは本当に幽世なんですか？　拝音さんから聞いていたのとは、ずいぶん様子が違うような気が……」

「ああ、違う。何かがおかしいとしか言いようがない。もしかしたら――」

拝音の言葉が不意に途切れる。もしかしたら何なんです、と泉が問うと、拝音は軽く目を伏せ、続けた。

「俺が知らなかっただけで、前回は、巫美子さんが何らかの術で補佐してくれていたのかもしれない。今となっては、確かめる術もないが……」

沈痛な声が荒野に響く。泉が言葉を返せないでいると、拝音はふいに自身の胸を押さえ、不安げに周囲を見回した。何かいるのだろうかと思った泉は拝音の視線の先を追ってみたが、変わったところは何もない。泉が首を捻ると、拝音は何かに気付いたように息を呑み、泉を見た。

「……泉。おかしなことを聞くが、お前には今、どんな風景が見えている？」

「どんなって、何もない荒れ地ですけど……。空には変な色の雲が広がっていて、遠くには、昔、上京する前に暮らした建物が幾つも……」

「……なるほど。さすが幽世、見える光景も各々の記憶で異なるわけか」

「え？　なら、拝音さんにはこの景色は見えていないんですか？」

「ああ。幽世は、魂――心が剝き出しになる場所だ。つまり、俺に見えているこれは、俺のただの心象風景……。俺の記憶が見せている幻ということなのだろうが、そうだと分かっていても――くっ……！」

うめき声を発した拝音がぐらりとよろけた。驚いた泉はとっさに拝音に駆け寄り、そして、その手が拝音に触れた瞬間、泉の目に映る光景が切り替わった。

それまで見えていた景色に、別の何かが被さったのだ。

「えっ……⁉」

「何だ……？」

泉と拝音の戸惑う声が重なって響く。泉が思わず拝音から手を離すのと同時に、拝音は「そういうことか」と小声を漏らし、深く息を吸って背筋を伸ばした。泉に向き直った拝音が、神妙な顔で口を開く。

「神照目の力のなせる業だろう。知っての通り、お前の神照目は、この世ならざるものを捉え、認識することができる体質だ。魂が剝き出しとなる幽世では、接触した相手と五感を共有できても不思議ではない」

「五感を……？　じゃあ、今一瞬見えたのは、拝音さんの見ていた――見ている景色なんですか？」

「おそらくそうだ。実際、俺にもお前の言った通りの風景が見えた。先ほど俺を呼び寄せてみせたように、お前の体質はここに向いているのだろう」

「そう……なんですかね……？」

「少なくとも俺より適応力が高いのは確かだ。であれば、それを使わせてもらってもいいか？　お前の神照目の力を借りた上で陰陽術で補強すれば、足場を安定させることができるはずだ。お互い見えている光景が違うと、何かとやりにくいからな。無論、負担は掛かるだろうから、無理にとは——」

「分かりました。使ってください」

拝音の申し訳なさそうな声を打ち消すように、泉は口を開いていた。

百怪祭に臨んだ時から……いや、東京駅で哲斎に食って掛かった時からもう、腹は括っているつもりだ。

そんな思いを込めた双眸で真正面から見返された拝音は押し黙り、ややあって、軽く頭を下げた。

「すまない。助かる」

「い、いえ、そんな……。それで、私は何をすれば？」

「式神契約の時と同じだ。俺に触れるだけでいい」

そう言って拝音は泉の右隣に並び、左の手を差し出した。手を取れ、ということらしい。泉がおずおず右手を伸ばしてその手を握ると、瞬間、視界がぐらりと揺らぎ、二人の見ている光景が重なった。

「成功だ」

拝音がほっと声を漏らしたが、泉は素直に喜ぶことはできなかった。

今や、泉の五感は、拝音を取り囲んでいた風景をしっかり認識してしまっていた。

足下が荒れ地なのは変わらないが、四方にも空にも、無数の異形の影がどろどろと蠢き続けていた。それらはいずれも呻き声を発しながら、恨みがましい視線を拝音へと向けている。

その凄まじい怨念の圧に泉は気圧されて言葉を失い、ややあって、影の中に見知った姿があることに気が付いた。異様に胴の長い女性——高女、太く長い尾を立てた狐、その他、拝音の仕事に同行した先で見たものたち……。

「あの、これってもしかして、拝音さんが——」

「ああ。全て、俺が手に掛けてきた怪異たちだ」

拝音はきっぱりと首肯し、「奥に見える黒い影は、巫美子さんを救えなかったことへの悔恨だろう」と言い足した。

やっぱり……と納得しつつ、泉は再度あたりを見回した。

影たちはただ怨嗟《えんさ》を向けてくるだけで、何かを仕掛けてくる気配はないが、だとしてもこれは相当に堪える。拝音の抱える自責の念の重さを泉は改めて知り、思わず、握った手に力を込めた。

「拝音さん……。辛かったんですね」

「……気にするな。自分で選んだ道だからな。第一、それはこっちの台詞だ」

そう言って頭を振り、拝音は周囲を見やって続けた。

「理解者が一人も居ない孤独に、明るい未来がまるで見えない不安……。俺だったら、とうに押し潰されていただろう」

「え？　あ、そっか……。私の見ていた光景が、拝音さんにも見えているんですね」

「ああ。……本当に、苦労したんだな。辛かったろう」

泉の問いにうなずき、拝音は泉の手を握り返した。そこに確かな手触りと温かさを感じながら、苦労したのも辛かったのも確かです、と泉は思い、でも、と内心で続けた上で口を開いた。

「今は大丈夫です。――大丈夫になりました」

それは泉の本音だった。一人ではないこと、支え合える誰かが傍にいることの心強さを、泉は今、心から痛感していた。さらに「拝音さんのおかげです」と言い足すと、隣に並ぶ拝音は面食らったように押し黙り、すっと目を逸らしてしまった。

「……それも、こっちの台詞だ」

微かで短い言葉だったが、感覚を共有しているおかげで、拝音の気持ちは泉にもしっかり伝わってきた。

自分を理解し、必要としてくれる誰かが隣にいてくれる喜びと、自分が誰かにとってのそういう存在になれたことのありがたみ。単身では直視できなかったものにも、二人だったら立ち向かえる。

握る手から互いに伝わる感情が、泉と拝音の心を穏やかな温もりで包んでいく。程なくして二人の呼吸が落ち着くと、拝音は軽く息を吐き、顔を上げて禍々しい曇天に目を向けた。

「さて、百怪祭に取り掛かるか。随分時間を食ってしまったからな」

「は、はい……！　それで、具体的には何を……？」

「落ち着いたおかげだろう、少しは見通しが利くようになった。あの雲が見えるか？」

泉と左手を繋いだまま、拝音が空いた右手で空を指差す。それに促されて視線を上げた泉は、あっ、と声を発した。

空に広がる雲の一部が、禍々しい雷光を伴いながら、ぐるぐると渦巻き始めている。

空一面を覆わんばかりに膨らんでいく巨大な渦巻きを直視したまま、拝音は続けた。

「あの渦巻きこそが幽世の圧。今まさに現世に噴き出そうとしている力の塊だ」

「あ、あれが……」

相槌を打つ泉の声は震えていた。

今や渦巻きは、周囲の影や廃屋をも呑み込むほどに、空一杯に広がりつつあった。世界の終わりのような凄まじい光景に、泉の胸に恐怖感が湧き上がる。

と、その不安に呼応するかのように、渦巻きはぐんと大きく膨らみ、淀《よど》んだ波を吐き出した。

「しまった！　結界を――」

拝音がすかさず一歩踏み出し、右手で印を結ぼうとする。だが、淀んだ波動は、拝音が結界を張るより早く、二人の体に到達していた。

波をもろに浴びた拝音は「ぐっ……！」と短い悲鳴を漏らし、拝音に庇われた泉もまた、その余波を浴びるなり、ぐらりとよろけた。

「あ……」

言葉にならない声とともに、泉の体から冷や汗が噴き出す。

波動の余波を食らった瞬間、泉は、幽世に渦巻く力の本質を――それが周期的に現世に噴き出して、滅びと混乱をもたらしてきたことを――本能的に理解してしまっていた。

あんなものを人の力で抑えられるのだろうか。

いや、そもそも抑えていいのか……という思考が、自然と胸の内に湧き上がってくる。

「な、何これ……？」

「なるほど。これは……効くな」

拝音の弱々しい声とともに、泉の手を摑んだ指が緩んでゆく。泉は反射的にその手をしっかり握り、倒れそうな拝音を引き寄せた。

空に渦巻く黒雲は、滅びだけでなく諦めをも与えるのだろう。視界に入れるだけで「もう駄目だ」という思いが拡大し、膝からぐんぐん力が抜けていく。

庇われ、余波を浴びただけの泉でさえこうなのだから、まともに食らった拝音の心が今どうなっているのか——どれほどの諦観に襲われているのか——泉には想像もつかなかった。

「拝音さん！　駄目です、しっかか——」

「……ああ、そうか。そうだな……」

泉の呼びかけを拝音の自問が遮った。はっと絶句した泉が見据える先で、拝音は背中を震わせ、弱々しい声で先を続けた。

「この世の理に則って、世界をあるべき形に整え、保つのが……俺の……陰陽師の役目……。だが、幽世が周期的に現世に噴き出し、滅びをもたらすのもまた、自然の摂理——この世の理なのだとすれば……なら、俺が、今、すべきことは——」

「違います！」

泉の悲痛な大声が拝音の言葉に被さり、打ち消す。拝音にその先を言わせてはいけない、という思いが迸るまま、泉は声を張り上げていた。

突然の大声に、拝音が反射的に振り返る。その蒼白な顔を見据え、その手をしっかり握ったまま、泉は口早に先を続けた。

「違いますよ拝音さん！　だって、そうじゃないですか……！　幽世が噴き出ようとするのが自然の摂理だったら、生き物が――人間が、生きたいって思うのも、自然の摂理ですよね？　少なくとも、ここにいる私はまだ生きていたいって思ってます！」

「泉……？　お前――」

「聞いてください、拝音さん！　多分、みんなそうなんです……！　生きていくのは辛いことだらけで、でも、たまに幸せを見つけられることもあって、それに縋って生きていて……拝音さんは、危険な怪異退治を全部一人で引き受けることで、そんな営みを守ってきた強い人でしょう⁉　だったらこんなところで負けないでください！　諦めないでください！　お願いです……！」

手繰り寄せた拝音の左手を両手で握り締め、泉は必死に言葉を紡いだ。拝音は体ごと泉に向き直っていたが、目を見開いたまま何も言おうとはしない。

……もしかしたら、既に心が諦念に塗り潰されてしまったのかもしれない。

こみ上げる不安と戦いながら、泉はさらに言葉を重ねた。

「何度だって言います！　幽世が噴き出すのも自然なら、人が――私が、この先の未来を見たいとか、誰かに生きていてほしい、この人と生きたいと思うことだって自然です……！　だって私は、こんなところで終わりたくはないし、それ以上に、拝音さんに終わってほしくありません……！　私はまだ生きたいんです！　あの神社で！　あなたと一緒に！」

そこまでを一気に言い切り、泉はキッと拝音を見据えた。

どうか、踏《ふ》み止《とど》まってくれますように……！

そんな思いを込めた視線を向けた先で、拝音が短い沈黙の後、口を開く。

「そ、そうか……。よく分かった」

「え。何です、その返事？　私はですね、拝音さんに諦めないでほしいと」

「落ち着け。お前は心配しすぎだ。いつ俺が諦めたと言った？」

拝音の盛大な嘆息が泉の声を遮る。見慣れた仕草に泉がきょとんと目を瞬くと、拝音はこれ見よがしに肩をすくめ、再度溜息を落とした。

「確かに、一瞬だけ心が折れそうになったが、この程度は想定内だ。別に投げやりになってはいないから安心しろ」

「え？　そ、そうだったんですか……？　だって拝音さん、何も仰らないから――」

「お前の剣幕に気圧されていただけだ。説得するなら少しは相手の返事を待て」

しみじみと呆れた声が幽世の荒野に響く。どうやら、全て自分の早とちりだったらしい。そう気付いた泉が安堵しつつも赤面していると、拝音は「それにしても」と眉根を寄せた。

「お前、戻ってきてから饒舌になったな」

「す、すみません……！　はしたないですよね……。気を付けます」

「気にするな。おかげでお前の気持ちがよく分かったし——俺は、自分の意見を口に出せる人間の方が好きだ」

「え？」

　思いがけない言葉に泉がハッと顔を上げる。と、至近距離から見つめられた拝音は、照れたのか少し沈黙し、仕切り直すように肩をすくめた。

「……しかし、確かにお前の言う通りだな。世の理は残酷なものではあるが、命が負けじと足掻《あが》くのもまた世の理のうち。実際、俺の退治してきた怪異たちは皆、いさぎよく滅されようとはしなかった。勝ち目がないと知ってもなお、最期の瞬間まで牙を剥き、往生際悪く抗った……。ここで大人しく屈していては、帝都最後の陰陽師として、彼らに合わせる顔がない」

　泉の正面に立ったまま拝音はきっぱりと告げ、静かに目を伏せた。

　周囲に蠢く影たちに——これまで手に掛けてきた怪異たちに——改めて追悼の意を捧げた後、拝音は泉の手をしっかりと握り直し、空に渦巻く雲を見上げた。

「やるぞ」

「はい！」

短く応じた泉は、自然と一歩を踏み出していた。

後ろではなく隣に来いと言われたわけではないが、今はそうするのが自然な気がした。拝音も同じ気持ちなのだろう、泉に何も言おうとはしない。

そして、泉が拝音の隣に並んだ瞬間、二人の姿が光り、変わった。

泉の色褪せた古着が、拝音の見慣れた普段着が、百怪祭用の純白の装束へと切り替わる。息を吞む泉の隣で拝音は「心構えができた証拠か」とうなずき、上空で渦巻く雲を見やって続けた。

「想定していた状況とは違うとは言え、幽世の圧が視覚化されているなら好都合だ。今からあれを吹き飛ばす」

「あの大きな雲、丸ごとをですか……？　できるんですか、そんなこと」

「現世なら無理だろうが、ここは幽世。観念の世界だからな。できると思えば無理は通る。調伏の行を使えば散らせるはずだ」

「調伏の行？　それって、拝音さんが怪異と戦う時に使っておられる術ですよね。『山のものは山へ、川のものは川へ、是なるものを返させ給』っていう……」

「覚えたのか？」

祭文の一部を泉が暗唱すると、拝音は意外そうに隣の泉を見下ろした。はい、と泉が小さくうなずく。

「だって、何度も聞きましたから」

「そうか。そうだったな……。ともかく、お前が詠唱できるなら話は早い。一節ずつ交互に唱えられるか」

「行けます！　……と、思います」

緊張した泉がぎこちなく応じると、拝音は大丈夫だと言いたげに首肯し、繋いだ手を空へと差し上げた。拝音の左手と泉の右手が、指を絡め合ったまま、上空に渦巻く幽世の圧へと向けられる。と、拝音がふいに小さく自嘲した。

「……まるで、初めての共同作業だな」

「初めての……何です？」

「小説で読んだんだが、西洋の婚礼にはそういう風習があるそうだ。新郎新婦がともに一つの包丁を持ち、大きな焼き菓子を切ることで、愛を確かめ合うのだとか……」

拝音の声が小さくなって途切れる。恥ずかしくなったようだが、自分から言い出しておいて照れないでほしいと泉は思った。

「前から思ってましたけど……拝音さん、割と照れ屋さんですよね」

「うるさい。行くぞ！」

拝音が声を張り上げて空を睨む。促された泉が視線を上げると、空に渦巻く黒雲は、向けられた敵意に反応したのか、ゴウッ、と大きく唸りを上げ、拝音と泉を目がけて降下し始めた。

禍々しい色の雲が二人の視界を完全に覆い、雷鳴と風の逆巻く音が激しさを増す。空が丸ごと落ちてくるような凄まじい光景だったが、それを目の当たりにしてもなお、泉の心は折れていなかった。

一人だったら、とっくに音を上げていただろう。

でも、今は隣に拝音がいてくれる。

ちらりと横目を向けた先で、拝音も横目で泉を見返し、息を吸って口を開いた。同時に泉もまた口を開き、声を発する。

「――裏式祭文、調伏の行」

上京初日、化け物屋敷で高女から助けられた時の思い出が泉の胸に蘇る。あの日以来、何度も聞いた祭文を、泉は拝音と並んで詠唱した。

「無殿の神、鳴神」

「途上の石の下なる乱れ神の名に」

「山のものは山へ」

「川のものは川へ」

「是なるものを返させ給」

「丑寅鬼門土方五行」

「肝を智拳に切って離す」

「御――」

「――娑詞！」

拝音が祭文を言い切るのと同時に、繋いだままの手の先から不可視の風が迸った。

世界の理を練り上げて形作られた一陣の風が、渦巻く暗雲の中心へ向かってまっすぐに伸び、突き刺さる。

膨らんだ袋を針で刺したような感触が泉の指先に伝わり、次の瞬間、空を覆い尽くしていた渦は、ぶわり、とほどけるように消滅した。

禍々しい雲が薄くなって消えていき、夕焼けとも朝焼けともつかない奇妙な色の空が現れる。変わっていく光景を見上げたまま、泉は、意外とあっさりしたものなんだな……と思い、一方、その隣の拝音は自問の声を漏らした。

「やった……のか……？」

「え？　これ失敗なんですか？」

「違う。術は成功した。まさか一発で消滅させられるとは思っていなかったから驚いただけだ。幽世の圧が思っていたより弱かったのか……？」

「そ、そんなことってあるんですか……？　千曳の岩はあんなにガタガタ……」

「分からん。分からんが……ともかく、今は成功を喜んでおこう。後は現世に戻って、岩に術を掛け直すだけだ。——ありがとう、泉。本当によく支えてくれた」

手を繋いだまま、拝音が泉に向き直って頭を下げる。

真正面からの真摯な感謝に「どういたしまして」と笑みを返すと、安堵感が泉の胸いっぱいに広がり——同時に、その足下の大地が消失した。

「え」

今の今まで踏み締めていた大地の代わりに泉の足下に広がったのは、何もない無限の暗闇だった。

光の差さない虚空の中へ、泉が——泉だけが——吸い込まれるように落下していき、ずっと絡めていた指がほどける。しまった、と拝音が叫んだ。

「駄目だ、泉！　まだ——」

拝音が慌てて何かを叫んだが、その声も姿もどんどん遠ざかっていく。

「拝音さん！」

豆粒のように小さく見える拝音に向かって手を伸ばしながら、泉は拝音の忠告を思い出していた。

——最後まで気を抜かないよう集中してさえいれば、自分が消失することはない。

そう言われていたのに……！　と泉は悔やんだ。

おそらく、成功したと聞いて安心したのがまずかったのだろうが、焦ったところでもう遅い。拝音の姿はもはや見えず、視界が……いや、五感の全てが揺らいでいく。

程なくして意識が一瞬途絶え、次に気が付いた時、泉は、何もない場所に漂っていた。

上下も左右も方角も、色彩も音も匂いも痛みも、自身の肉体すら存在しない世界。

さっきまでの場所とは明らかに違い、そして、儀式の前に拝音から聞いていた通りの世界がそこにはあった。

……ああ、そうか。これが本当の幽世なんだ。

泉はそう理解し、幽世ってこんなにいいところなんだ……とも思った。

現世にいた時は怖かった幽世だが、実際に体験してみると、その印象は逆転した。

幽世は、しがらみも、煩わしさも、束縛も、争いも、生き物を苦しめるあらゆるものが存在しない場所だった。

ただ純粋で清らかで、そこにあるのは平穏だけだということを、泉の魂は本能的に知ってしまっていた。

「戻らなければ」という思いはあるのに、にもかかわらず、「ずっとここにいられたら……」という気持ちが自然と生まれ、広がっていくのを止められない。

そうだ。

もういいじゃないか。

私はこれまで充分苦労したし、やるべきことも終えたのだから。

後はもう、ここに、全てを委ねてしまえば——。

泉がそんな声に支配されそうになった時。

——駄目。

——ここはあなたのいるべき場所ではありません。

——帰りなさい。

泉の知らない誰かの声が聞こえた。

第八章　陰陽師とその妻

「――ずみ！　泉！　おい！」

自分の名前を呼ぶ切実な声が、すぐ傍から何度も響く。

よく知っているその声に、泉はゆっくりと瞼を開いた。

最初に目に映ったのは、青白い光が無数に飛び交う幻想的な光景だった。

洞窟の天井の岩肌を照らしながら、大量の異蝶が羽ばたいている。

どうやら自分は、本殿地下の大洞窟に寝かされているらしい……。

そのことに泉が気付いたのと同時に、視界に拝音の顔が飛び込んできた。

「泉⁉　気が付いたのか？」

西洋の彫像を思わせる端整な顔立ちに乱れた淡い亜麻色の髪。よく見知った顔が目と鼻の先から泉を見下ろし「泉！」と名前を繰り返す。

「泉？　どうした？」

「え？　あ……」

「泉、俺の声が聞こえないのか？　もしや聴覚をやられたのか？　あるいは視覚を奪われたか……？　それともまさか、俺が分からないのか、泉……⁉」

「えっ？　あ、いえ、そんなことはありません！　聞こえていますし、見えてますし、分かります……！　拝音さんですよね？」

しばし呆《ほう》けた直後、泉は慌てて回答した。「本当に大丈夫ですから」と仕草でも示しつつ上体を起こす泉を見て、枕元に屈みこんでいた拝音は盛大に嘆息し、背筋を伸ばして立ち上がった。

「人騒がせな。だったらなぜすぐに反応しない？」

「す、すみません……。拝音さんに、あんなに近くから何度も名前を呼ばれたことって、今まで一度もなかったので……その、驚いてしまったと言うか、恥ずかしくて」

赤い顔を伏せた泉が歯切れの悪い言葉を漏らすと、拝音は露骨に顔をしかめた。

「繰り返して名前を呼びかける行為は、魂が抜けたり、幽世に接触して異常をきたしたりした相手を元に戻すための由緒正しい呪術だぞ。いわゆる魂《たま》呼ばいだ」

腕を組んだ拝音は呆れてみせたが、泉の照れが移ったのか、その頰は薄赤く染まっていた。泉は「そうなんですね」と相槌を打ち、座ったままあたりを見回した。

拝音の後方には哲斎が満足そうな微笑を湛えていたが、曲利の姿は見当たらず、祭壇の向こう側の千曳の岩の鳴動は完全に収まっていた。天井付近を飛び交う異蝶の動きも、ゆっくりと漂うような、見慣れたものに戻っている。

自分はどれくらい眠っていたんだろう。

曲利はどこに行ったのだろう。

何より、百怪祭は無事に終わったのだろうか……？

聞きたいことは多かったが、泉が問いかけるより先に拝音が口を開いていた。

「曲利は、役所への報告があると言って先に帰った。お前が眠っていたのは二時間ばかり、もう日は暮れている。——そして、百怪祭は成功した」

「え？　よ、よく私が聞きたいことが分かりましたね……」

「お前とは昨日今日の付き合いではないんだぞ。しかもさっきまでは五感を共有していた仲だ。それくらい顔を見れば分かる。いちいち驚くな」

「すみません……。それより本当ですか、成功したって……」

泉が立ち上がって尋ねると、拝音は無言で深く首肯し、「少なくとも数百年は持つ」と言い足した。力強い断言に、泉はほっと安堵しそうになったが、その矢先、儀式の前に拝音が口にした言葉が脳裏をよぎった。

——二人で行うことで確かに負担は軽減できる。それは間違いないが……だとしても、二人とも無傷では済まないだろう。

はっと泉は青ざめた。目を覚まして以来、泉は痛みも不調も一切感じていない。ということは——。

「拝音さん！　あの、お体は——」

「安心しろ。俺も無傷だ。体も、魂もな」

再び泉の問いかけを先読みし拝音がさらりと言い放つ。実際、その姿を見る限り、儀式に臨む前と何も変わったところはない。泉は改めて胸を撫で下ろし、その上で軽く首を傾げた。

「でも拝音さん、無傷じゃ済まないって言っておられましたよね……？」

「まあ、それだけお二人の相性が良かったということですな」

答えたのは哲斎だった。「相性？」と問い返した泉に向かって哲斎がうなずく。

「ええ。ご存じの通り、陰陽術とは陰と陽、相反しつつも釣り合う二つの要素を司る技術です。二人で臨む儀式の場合、術者の心の釣り合いと、相手を信じる気持ちの強さが何より大事。つまり、この結果は、お二方の信頼関係が生んだ奇跡と言えましょう。いや、お見それいたしました！」

「ど、どういたしまして……？　と言うか、その、そうなんですか拝音さん」

哲斎に満面の笑みで賞賛された泉がもじもじと尋ねると、拝音は「哲斎の言葉を嘘だと言い切る理由もないが」と冷淡に受け流し、スッと真上を指差した。

「もっと大きな理由があると考えるのが妥当だろうな。向こう側で、幽世の圧が思っていたより弱かったと俺が言ったのを覚えているか？　あの要因が上にある」

「上……？　異蝶ですか？」

「そのさらに上。地上の森だ」

洞窟の天井を見上げながら拝音が続ける。

「森に群れた怪異たちが重石になっていたんだ。現世の側の圧となって、こちらに噴き出そうとする幽世を抑え込んでくれていたんだ。だから圧が少なかったんだ」

「怪異……あの子たちが、助けてくれていたということですか？」

「そうだ。百怪祭は、かつては百鬼夜行の日、化け物の群れが現れる夜に行われており、百怪の名もそこに由来するというが、今回その意味が……前回失敗した理由が、よく分かった。百怪祭を滞りなく行うには、大量の怪異が不可欠なんだ」

洞窟の天井を見上げた拝音は感慨深い様子で語り、視線を落として泉を見た。

「これもお前のおかげだ」

「……え？」

「何を驚く。お前があの日、あの狐を連れ帰ってこなければ、こう上手くはいかなかっただろう。改めて礼を言う。助かった」

「そ、そんな、滅相もありません……！　そもそも私は、そんなこと全然知らなかったわけですし、怪我の功名でしかありませんから、感謝していただくようなことは何も……！　あっ、でも――」

「何だ」

「……こ、これでもう、怪異たちを追い払えなくなったということですよね……？」

泉がおずおず尋ねると、拝音は意外そうに目を瞬き、そうだな、と薄く笑った。

「怪異と森を守る大義名分としては充分すぎるくらいだ。まあ、それを国に認めさせるとなると、また骨が折れそうだが……ともかく今日は休もう。流石に疲れた」

「そうでしょうな。では、そろそろ上へ戻るとしますか。飯も風呂も支度できておりますし」

「哲斎さん、ご飯作ってくださったんですか？　すみません……！」

「何の何の。さあ参りましょう、奥様」

哲斎が自然な仕草で泉を促す。泉は「はい」とうなずき返し、今朝方離縁を宣言されたばかりだったことを、ふと思い出した。

東京駅で感じた、あの突き放されたような胸の痛みや未練、もうそれらを感じなくていいのだという安堵感などが一気に込み上げ、目尻から涙が一筋落ちる。

立ち止まって涙を流す泉を見て、洞窟を出ようとしていた拝音は眉をひそめた。

「どうした。どこか痛むのか？」

「す、すみません、違います……！　ただ、何だか急にほっとしてしまって、居場所があるっていいな、って思うと、自然と……。あの、私、まだここに……拝音さんの家にいてもいいんですよね？」

「何を今更。大体、『俺の家』じゃない」

「えっ」

「お前の家でもあるんだぞ」

泉に歩み寄った拝音が大仰に呆れて頭を振る。すっかり見慣れた夫の仕草を前に、泉は「そうですね、すみません」とまた謝り、さらに泣いた。

拝音は重ねて溜息を吐いたが、それ以上何も言おうとせず、ただ泉を見つめていた。

＊＊＊

百怪祭から十日ばかりが過ぎたある日のこと。

拝音と泉は、自宅の座敷で曲利と向き合っていた。

拝音に呼びつけられた曲利からはいつもの人懐っこさは窺えず、落ち着きのない様子で体を小刻みに揺らしている。座布団の上で胡坐をかいた曲利は、あからさまに顔をしかめ、向かいに座った拝音を見据えた。

「で、何の用やねん。僕、今、忙しいねんけど」

「次の手を考える必要があるからか？」

「はい？」

「まあ、失敗するはずだった百怪祭が成功してしまったわけだからな。焦る気持ちは分からなくもない」

「は？　おい、ちょっと待て拝音。自分、何の話を――」

当惑した曲利が声を大きくしたが、拝音はそれに答える代わりに青焼きの書類の束を取り出し、曲利の前にそれを置いた。「丑角先生に確認した」と拝音が続ける。

「うちの地下の千曳の岩の鳴動周期と、幽世噴出の危険性についての報告だ。周期も、そこから得られる結論も、先日お前が俺に渡したものとは食い違っている。先生の計算によれば、千曳の岩の鳴動回数は一時的に増えてこそいるが、まだ十年近くは持つはずだった。……お前、資料の数値を改竄《かいざん》したな」

「か、改竄？　僕が？　いやいやいやいやいや、何でそんなことせなあかんねん。大体、岩の鳴動はほんまに激しくなっとったやないか」

「あれはお前が細工をして封印を緩めたからではないのか」

「……へっ」

「お前もよく知っての通り、この道返大社に住んでいるのは三人だけで、門番もいなければ鍵もない。隙を見て千曳の岩に近づくことは容易《たやす》いからな」

冷淡な態度を保ったまま拝音が語り、その隣に座った泉は無言のままで、ただ神妙に、不安そうな顔を曲利に向けている。親しいはずの夫妻に疑わしげな目を向けられた曲利は、ぽかんと絶句し、「アホか！」と大きな声を張り上げた。

「岩に近づけたところで僕は素人やで。どんな細工ができる言うねん。そもそも、何で僕が百怪祭を失敗させなあかんのや？　その計略が上手く行ったところで、幽世に通じるでっかい穴が開くだけやないか」

「それこそがお前の目的だったと俺は見ている」

「……はい？」

「お前が今の職に就き、俺と道返大社の担当になったのも、その目的のためだったのだろう。おそらく当初の目論見《もくろみ》では、二年前の百怪祭で見事に穴が開くはずだった。だが巫美子さんという犠牲を払いながらも、岩は一時的に沈静化されてしまった。当てが外れたお前は、急遽《きゅうきょ》次の嫁を探した。百怪祭は二人で行う儀式だからな」

淡々と拝音が言葉を重ねていくうちに、曲利の顔はいつしか蒼白になり、額には冷や汗が浮いていた。黙り込んでしまった曲利の前で、拝音は更に続ける。

「お前が探したのは、相応の資質を持っており、なおかつ、儀式の失敗を誘発するような未熟な人材だった。それが泉だ。……実際、よく見付けてきたとは思う」

そこで一息を挟み、拝音は隣に座った泉と視線を交わした。

その二人の様子を見て、曲利は、拝音が今披露している推理を泉も了解していることを知った。だが、と拝音が再び口を開く。

「もしも泉が道返大社に馴染み、陰陽術にも詳しくなったら、問題なく百怪祭をこなしてしまいかねない。そこでお前は数値を改竄し、岩に細工を施してまで、俺を焦らせることにした。泉が未熟な状態で急かされれば、俺が一人でやるか、あるいは二人でやっても失敗するはずだと、お前はそう予想したんだ」

「な——何を勝手なことを」

「まあ最後まで聞け。案の定、俺は一人で百怪祭に臨もうとした。万一、俺が肉体か精神の大半と引き換えに封印に成功した暁には、邪魔するつもりだったんだろう？　立会人を申し出たのはそのためだ。しかもお前はご丁寧に、幽世への侵入者が、自身の心の傷に基づいた風景で囲まれるような細工まで施していた。あれは上手いやり方だったな。一人だったら間違いなく心が折れていただろうが……」

「ええ加減にせえ！　友達やと思うて黙って聞いてたら、とんでもないことを抜け抜けと……！　せやから、何で僕がそんなことをせなあかんねん！」

「つまり、動機がないと？」

「せや！　僕は世間では優秀な秘書で通っとんねん。拝音と違って国や政府に恨みもあらへん。この世界、この国での立身出世をモットーに頑張ってきた僕が、何が悲しゅうて幽世に通じる穴を開けなあかんねんな。なあ泉ちゃん、自分からも何か」

「マレビトだから」

「言うたって――え」

泉が短く発した言葉に、曲利がはっと絶句する。

蒼白になった曲利を前に、泉は、ふう、と呼吸を整え、念を押すように声を発した。

「曲利さんは、マレビトですよね」

「ま、マレビト……」

「幽世の住人。いわゆる神や鬼神と呼ばれるものたちの総称だ。実体を持たない精神だけの存在で、現世では人間の体を借りて活動し――」

「黙れ拝音！ そんなことは知っとるわ！ 僕が言いたいのは――あ、あれ？」

声を荒らげた曲利は勢いよく立ち上がろうとしたが、その体は縫い付けられたように静止したまま動かない。

胡坐の姿勢で狼狽える曲利の姿を見て、やはりな、と拝音が得心した。

「四肢が動くまい。言い忘れたが、そこにはマレビト専用の結界を張っておいた」

「え。なら、これは――」

「諦めろ。その結界に反応したのが何よりの証拠だ」

拝音の堂々とした宣告が響く。結界に束縛された曲利は、もう取り繕っても無駄だと悟ったのだろう、がっくりとうなだれた。

「認めたな」と、拝音がやるせなさそうにつぶやく。

「百怪祭の後、お前の経歴を調べさせてもらった。お前の両親は心霊学や神学に被れた没落貴族で、お前を妊娠中に降霊術の真似事《まねごと》を行っていたらしいな。おそらくお前は、肉体がまだ胎児の時点で……つまり、肉体固有の精神が芽生える前に、その体に定着させられたマレビトだったたんだろう」

「……何で分かったんや。普通、マレビトを見分ける方法は……」

「そうだ。マレビトは神照目にも反応しない故、言動の変異で判別するしかない。だから、お前のように生まれながらのマレビトだった場合、普通は気付きようがない。何しろ、人格はずっと一貫しているんだからな」

「せやろ。その通りや。なのに何で――」

「曲利さん、洞窟で、『この世の終わりみたいな光景や』って言われましたよね」

口を挟んだのは泉だった。それを聞くなり曲利は目を見開き、一瞬後、「あ……」と弱々しい声を漏らした。そういうことだ、と拝音がうなずく。

「お前は、異蝶の群れる様を評した俺の言葉に素直に同意した。あの時は百怪祭のことで頭がいっぱいだったから、つい聞き流してしまったが、普通の人間には怪異は知覚できないんだ。だが、怪異が幽世に反応するように、幽世の住人であるマレビトも怪異を知覚できても不思議ではない。待ちに待った時が近づいて、取り繕うのを忘れたな？」

「あ。それは――」

「お前はずっと、見えないふりをしていたんだ。森に蔓延《はびこ》っている怪異たちにも気付いていないよう振る舞って、一般人を装って……。ああ、その顔を見れば答えは分かる。それに、失敗させようとした理由も、おおむね見当が付いている」

拝音が嘆息すると、曲利はじろりと拝音を睨み「何や」と短く問い返した。拝音に代わって泉が口を開く。

「幽世に、帰りたかったんですよね」

「……何？」

「百怪祭で幽世の圧を吹き飛ばした後、私は、本当の幽世を体験しました。はっきり覚えているわけではありませんけど、あそこは、何からも自由な場所でした。拝音さんも同じように感じられたそうです。……そうですよね？」

「……ああ。あそこに比べれば、現世は束縛と不自由の煮凝《にこご》りのような世界だ。俺でさえそう感じるのだから、元々向こうの住人にしてみれば尚更だろう。お前が立身出世に邁進《まいしん》したのも、俺の担当になったのも、全ては千曳の岩を壊して幽世に帰るためだったと考えれば、全ての辻褄《つじつま》が合うんだ。違うか？」

「……ああ、その通りや！　誰が好き好んでこんなところに居続けるかいな！　それにな、僕にはもう時間がないんや！　現世の飯や水では、体を維持することはできても、僕の本質は擦り減っていく一方や……！　このままやとそう長くは持たん」

「パーティーで退治したあいつのように、人の精力を吸うことは考えなかったのか」

「冗談やない！　あんなことをやるのは、ごくごく一部の悪趣味なマレビトだけや！　拝音、お前、便所の泥を飲んだら助かる言われて、はいそうですかと飲めるか？」

そう言って拝音を睨み返した後、曲利は「僕にはとても無理やった」と付け足し、開き直ったように声を張り上げた。

「もうええやろ。話すことはこれで全部や！　さあ、祓うなり、あの式神のおっさんに食わせるなり、好きにせえ！」

「落ち着け。誰が退治すると言った」

「……はい？」

「お前を通じて上からの命令があれば別だが、この世のものでない存在であっても、害がないなら放置するのが俺の流儀だ。……それに、俺たちとしても、恩人を手に掛けたくはない」

「お、『恩人』……？　僕が……？」

「そうです。動機はどうあれ、曲利さんは、私に今の居場所を与えてくれた方であることに変わりはありません」

「そして、俺も同意見だ」

泉に続いて拝音がしれっとした顔でうなずく。覚悟を決めていた曲利は途端に拍子抜けした顔になり、「ほな、僕をどうするつもりや」と訝しんだ。「最後まで聞け」と拝音が応じる。

「お前、俺の式神にならないか」

「式神？　式神てあの、陰陽師が使うアレ……？」

「そうだ。式神契約はそもそも、異界から召喚した鬼神を現世に維持し続けるために考案された技術でもある。霊力でも呪力でも精神力でも好きなように呼べばいいが、契約を通じて俺からお前に力を送ることで、お前は今の状態を半永久的に維持できる。また、術者から式神に対しての命令権がない形で契約を結べば、お前はこれまで通り、自由に行動できる。どうだ？」

「そ、それは……願ったり叶ったりではあるけども……しかし、ええんか……？」

不信感に満ちた目で曲利が見返すと、拝音は呆れた顔で溜息を吐いた。

「嫌ならこんな提案はしない」

「まあ、そらそうやろうけど……泉ちゃんはええんかいな」

「私も、それでいいと思います」

「と言うか、これはこいつの発案だ」

あっさり首肯した泉を見やって拝音がつぶやく。それを聞いた曲利は、はっと大きく息を呑み、胡坐をかいた姿勢のまま、「おおきに！」と勢いよく頭を下げた。

「お願いします」

その後、拝音は曲利を縛っていた結界を解除し、式神契約を結んだ。

先日の百怪祭では手を握り合ったが、あれは相互契約を行う場合だけの特例であり、普通は術者が印を結んで祭文を唱えるだけで済むということを、泉は初めて知った。

契約を終えた曲利が立ち上がり、怪訝な顔で自分の体を見回す。

「何やら不思議な感じやな……。でも、状態が落ち着いたのは分かるわ。ほんま、おおきにな、拝音」

「気にするな。ところでお前、他に企《たくら》んでいることはないか？　お前以外にも政府に入り込んでいるマレビトはいるのか？」

「あらへんあらへん。そんなマレビトも知らんし――」

拝音の問いかけに曲利は素直に即答し、直後、「え？」と目を丸くした。

「あ、あれ？　僕、今、何で正直にベラベラと……」

「式神契約にも色々あってな。今回は、術者の支配力が多少強いものを使わせてもらった。お前は今後、俺の指示には従わざるを得ない」

「え……。いや、ちょっと待て拝音！　そんな話は聞いてへんぞ！　お前さっき、命令権はないってはっきり言うてたやないか！」

「あれは嘘だ」

「お前……！」

かっとなった曲利は拝音に摑みかかろうとしたが、その体は中腰の不自然な姿勢で静止してしまった。固まったまま歯嚙みする曲利を、拝音が冷淡に見やって続ける。

「そして今のお前は、俺に手を出すこともできない。だがまあ、安心しろ。別に非道な真似をさせるつもりはないし、陰陽師の仕事も続ける。お前はこれまで通り、俺の監督役を務めていてくれればいい。……ただし、今後は、道返大社と森の維持について、全力で便宜を図ってもらう」

「お前！　最初からそれが目的で……！　さては泉ちゃんもグルか！」

「す、すみません……！　私は、そこまでしなくてもと思ったんですけど、拝音さんが、念には念を入れた方がいいって仰って……」

怯えた泉が慌てて弁解し、隣の拝音が無言でうなずく。息の合ったやりとりを前に、式神契約によって束縛されたままの曲利は、がっくりとうなだれた。

「おっかない夫婦を巡り合わせてしもたなあ……」

諦めと感心が入り混じったような感想がしみじみと響く。曲利の率直な感想を受け、拝音と泉はどちらからともなく顔を見合わせ、同時に苦笑いを浮かべた。

終章

その日の夜、拝音と泉の寝室にて。

拝音が枕元の行灯の灯を消そうとした時、ふいに泉が口を開いた。

「あの……昼間、曲利さんに幽世のことを話しましたよね？　その時に思い出したんですけど」

自分の布団に入った泉がおずおずと声を発する。行灯の蓋を開けていた拝音は、「幽世のことは無理に思い出そうとするな。心を持っていかれるぞ」と釘《くぎ》を刺し、その上で泉を見返した。

「思い出してしまったものは仕方がないが……それで、何だ」

「は、はい……。記憶は朧《おぼろげ》気なんですが、私、あっち側で、誰かの声を聞いた気がするんです。知らない女の人が、私に『帰りなさい』って言ってくれて……それをきっかけに戻ってこられたような……」

「……そうか。お前も聞いていたか」

「えっ？　ということは、拝音さんも……？」

「ああ。百怪祭を終えた後、帰るように促す声は、俺も聞いた。お前の聞いたものと同じ声とは限らないが――あれは、巫美子さんの声だった」

「えっ⁉」

神妙な顔で拝音が口にした名前に、泉は思わず息を呑んだ。

東京駅で哲斎から聞かされた話によると、巫美子は先の百怪祭の際に命を落とし、その遺体は消え失せたはずだ。驚いた泉が思わず上体を起こす。

「巫美子さんって、亡くなられたんじゃなかったんですか……？」

「俺もそう思っていたが、違うのかもしれない。……実は、先日の百怪祭の後からずっと、考えていることがある。あの儀式が無事に成功した理由は、俺とお前の相性や、森の怪異の圧だけではないのかもしれない。向こう側にいた誰かが、俺たちに手を貸してくれたからかもしれない……」

「誰かって……巫美子さん？」

「ああ、そうだ。俺は彼女が死んだとばかり思っていたが、ただ向こうに連れていかれただけなのかもしれない。そして、彼女が幽世で健在なのだとすれば――」

拝音の言葉はそこで途切れた。

だが、泉には拝音が何を言おうとしたのか、見当が付いてしまっていた。

巫美子が幽世で生き続けているのなら、連れ戻すことができるのではないか。

おそらく、拝音はそう考えているのだろう。

もし拝音の言う通りならば、巫美子は自分にとっても恩人ということになるし、そうでなくても拝音にとって大事な人だ。連れ戻せるならそれが一番だとは泉も思う。

しかし、と泉は同時に思った。

——亡くなった妻である伊邪那美を黄泉の国から連れ戻そうとした伊弉諾は、その妻自身に拒まれ、襲われ、逃げ帰る羽目になり、さらに現世全体に対して呪いをかけられる。冥界下りの神話は、本邦だけでなく世界中に伝わっているが、いずれも失敗に終わっている。

——あの世から誰かを連れ出すことは禁忌中の禁忌であり、それに手を出した者は、神であれ英雄であれ、必ず報いを受けることになるんだ。

いつだったか拝音が語った言葉が、泉の胸中に蘇る。

もしも、巫美子が幽世に迷い続けていたとして。

それを連れ戻すというのは、本当に、人間がしてもいいことなのだろうか。

そして、もしも拝音が、「禁忌中の禁忌」を犯してまで、巫美子を——本来は拝音の妻になるべきだった女性を——連れ戻すと決めたなら、自分はそれを後押しできるのだろうか……？

泉の胸中で不安な気持ちが渦巻き始める。

と、その心中を察したのか、拝音は不穏な空気を振り払うように頭を振り、泉を見つめて頭を下げた。

「今の話は忘れてくれ。余計なことを言って心配を掛けてしまった。すまない」

「い、いえ、拝音さんが謝ることでは……！　でも――」

「大丈夫だ、泉」

何かを言いかけた泉の声を拝音はそっと遮り、安心させるように泉の名前を口にした。

黙り込んだ泉の前で拝音が続ける。

「今日のところはとりあえず眠ろう。曲利との式神契約で力を使ったせいか、いつもより疲れている気がする。お前も休め」

そう言って拝音は欠伸《あくび》を漏らした。疲れているのは確かなようだ。泉は「分かりました」とうなずき、掛け布団をめくろうとしたが、そこでふと手を止めた。

初めてこの部屋で寝て以来、泉と拝音の布団はずっと別々で、二組の寝床の間には二、三尺ほどの距離がある。

ほんのわずかの――それでいて確かに存在する――幅を見やった後、泉は意を決して拝音に向き直った。

「拝音さん」

「何だ。まだ何かあるのか？」

「あ、あの……お布団を、そちらに寄せていいですか……？」

おずおずと申し出る声が寝室に響く。

泉がそんなことを言い出すとは思っていなかったのだろう、拝音は意外そうに眉をひそめたが、短い沈黙の後、こくりと首を縦に振った。

「好きにしろ」

「あ、ありがとうございます……！」

その後、二人はそれぞれ自分の敷布団《しきぶとん》を摑み、部屋の中央に引き寄せた。

二組の布団がぴったり並び、泉がいそいそと自分の布団に入ると、拝音は改めて行灯の蓋を開け、灯を吹き消した。

あたりが暗闇に包まれる。隣で拝音が布団に入る音を聞き、泉は抑えた声を発した。

「お休みなさい、拝音さん」

「……ああ。お休み、泉」

すぐ傍から響く聞き慣れた声が、泉を落ち着かせてくれる。

泉は「お休みなさい」ともう一度言い、目を閉じた。

上京して以来、予想外の連続だったように、これからも何が起こるかは分からない。

でも、だからこそ自分は、何があっても、すぐ隣にいる夫のことを出来る限り支えていきたいし、支え合っていきたい……と、泉は思った。

あとがき

本作を手に取ってくださってありがとうございます。峰守《みねもり》ひろかずです。メディアワークス文庫では久しぶりの新刊ということで、若干緊張しております。

最初にお断りしておきますと、この作品はフィクションです。作中の祭文や儀式の名称等は実在するものを参考にしており、起こる事件も当時の新聞報道などを踏まえていますが、物語に合わせて改変している部分も多々ありますし、そもそも道返大社という神社は実在しません。本作の舞台は、現実の歴史をモチーフにした架空の大正時代ですので、作中で語られる内容をそのまま信用されませんようお願いいたします。

さて、本作の主人公の一人・拝音の職業は陰陽師です。この陰陽師、現代の和風（東洋風？）ファンタジーでは定番の要素で、「術を使ったり式神を使役したりして妖怪や怨霊と戦うプロ」というイメージが定着していますが（ですよね）、この陰陽師像はずっと定番だったわけではありません。平安時代末期に安倍晴明にまつわる伝説が語られ始め、その後、超人としての陰陽師イメージが盛られていって、江戸時代に創作のモチーフになったことである程度定番化するも明治維新後にマイナー化。しかし一九八〇年代から古典を踏まえた陰陽師ものの新作が登場し、それらが人気を博したことで定着して今に至る……という流れになります、多分（なお、実際に陰陽師をやっている人はずっと存在したのでしょうが、ここではあくまでフィクションの話をしています）。

詳しく知りたい方はちゃんと調べていただきたいのですが、ともかく明治・大正期というのは、陰陽師が最もマイナーで不遇だった時期だと思うわけです。なおかつこの時代には社会の在り方が凄い勢いで変わっていたので、伝統的な妖怪退治をやっていた陰陽師がいたなら色々大変だったろうな、というのが発想のきっかけでした。そこに加え、陰陽師というのは名前通り「陰」と「陽」を司る仕事ですから、それはつまり対になる要素だよな、カップルってことだな！　という連想で、夫婦の話になりました。

筆者的に男女コンビの主人公は久々だったこともあり、思い入れを持って楽しく書くことができました。終章を終えてもなお拜音と泉の二人には危なっかしいところもあり、この後もまだ色々ありそうですが、この二人なら力を合わせて幸せに生きていってくれることと信じています。なんか結婚式の仲人の挨拶みたいですね。

さて、この本を作るにあたっても、多くの方のお世話になりました。京一《きょういち》様、美麗なイラストをありがとうございました。担当くださった編集者の方々、お待たせしてしまって申し訳ございませんでした。おかげさまでようやく形になってくれました。そして最後に、ここを読んでくださっているあなたにも最大の感謝を。楽しんでいただけたのなら何よりです。

それでは、ご縁があればまたいずれ。お相手は峰守ひろかずでした。良き青空を！

参考文献

古事記（倉野憲司校注、岩波書店、一九六三）
増補　いざなぎ流　祭文と儀礼（斎藤英喜著、法藏館、二〇一九）
日本陰陽道史話（村山修一著、平凡社、二〇〇一）
怪異学講義　王権・信仰・いとなみ（東アジア恠異学会編、勉誠出版、二〇二一）
古代東アジアの「祈り」　宗教・習俗・占術（水口幹記編、森話社、二〇一四）
日本妖怪学大全（小松和彦編、小学館、二〇〇三）
怪談・奇談（小泉八雲著、平川祐弘編、講談社、一九九〇）
日本神話事典（大林太良・吉田敦彦監修、大和書房、一九九七）
日本の神様読み解き事典（川口謙二編著、柏書房、一九九九）
別冊宝島２４０７号　江戸・東京魔界地図帖（東雅夫監修、宝島社、二〇一五）
怪異東京戸板がえし　華やかな街の裏にひそむ妖怪たち（荒俣宏監修、田中聡著、評伝社、一九八九）
大正期怪異妖怪記事資料集成　（上）（湯本豪一編、国書刊行会、二〇一四）
大正期怪異妖怪記事資料集成　（下）（湯本豪一編、国書刊行会、二〇一四）
明治大正史　世相篇　新装版（柳田國男著、講談社、一九九三）

大正デモクラシー　シリーズ日本近現代史④（成田龍一著、岩波書店、二〇〇七）
ビジュアル　大正クロニクル　懐かしくて、どこか新しい100年前の日本へ（近現代史編纂会編著、世界文化社、二〇一二）
遠野物語と怪談の時代（東雅夫著、角川学芸出版、二〇一〇）

この他、多くの書籍、雑誌記事、ウェブサイト、博物館の展示等を参考にさせていただきました。

<初出>

本書は書き下ろしです。

この物語はフィクションです。実在の人物・団体等とは一切関係ありません。

◇◇メディアワークス文庫

最後《さいご》の陰陽師《おんみょうじ》とその妻《つま》

峰守《みねもり》ひろかず

2024年11月25日　初版発行

発行者　山下直久
発行　株式会社KADOKAWA
〒102－8177　東京都千代田区富士見2－13－3
0570-002-301（ナビダイヤル）
装丁者　渡辺宏一（有限会社ニイナナニイゴオ）
印刷　株式会社暁印刷
製本　株式会社暁印刷

●お問い合わせ
https://www.kadokawa.co.jp/（「お問い合わせ」へお進みください）
※内容によっては、お答えできない場合があります。
※サポートは日本国内のみとさせていただきます。
※Japanese text only

※定価はカバーに表示してあります。

Printed in Japan
ISBN978-4-04-916037-6 C0193

メディアワークス文庫　https://mwbunko.com/

本書に対するご意見、ご感想をお寄せください。

あて先
〒102-8177　東京都千代田区富士見2-13-3
メディアワークス文庫編集部
「峰守ひろかず先生」係

◇◇◇

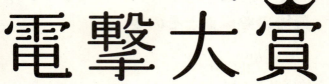